KB099924

이계진입
리로디드

RELOADED

이계진입 리로디드 3

임경배 퓨전 판타지 소설

초판 1쇄 찍은 날 § 2015년 12월 18일
초판 1쇄 펴낸 날 § 2015년 12월 28일

지은이 § 임경배
펴낸이 § 서경석

편집책임 § 고승진

펴낸곳 § 도서출판 청어람
등록번호 § 제387-1999-000006호
등록일자 § 1999. 5. 31
어람번호 § 제1-2319호

주소 § 경기도 부천시 원미구 부일로 483번길 40 서경B/D 3F (우) 14640
전화 § 032-656-4452 팩스 § 032-656-4453
http://www.chungeoram.com
E-mail § chungeorambook@daum.net

ⓒ 임경배, 2015

ISBN 979-11-04-90569-8 04810
ISBN 979-11-04-90529-2 (세트)

RELOADED

임경배 퓨전 판타지 소설

FUSION FANTASTIC STORY

이계진입 ③

리로드

도서출판
청어람

CONTENTS

RELOADED

이계진업

리로디드

Chapter 1

호부견자(虎父犬子),
그런데 개는 인간의 친구지

은제 나이프가 두툼한 스테이크를 부드럽게 썰어간다. 모락모락 오르는 김 사이로 연한 붉은 속살이 모습을 드러낸다.

그는 살코기를 찍어 입으로 가져갔다.

고기는 두텁고 육즙도 풍부했다. 위에 발라진 소스도 일품이었다. 살짝 뿌려놓은 허브 향이 한층 식욕을 돋웠다.

일국의 왕이 즐기기에 충분히 훌륭한 요리였다.

하지만 릴스타인은 애매한 표정을 지었다.

"흐음."

냅킨으로 입가를 닦으며 그가 시종에게 지시했다.

"요리장을 부르게."

잠시 후, 짜리몽땅한 배불뚝이 중년인이 긴장한 얼굴로 테이블 앞에 섰다.

"부르셨습니까, 폐하?"

진지한 목소리로 릴스타인이 물었다.

"기분 탓인지는 모르겠지만, 요즘 들어 음식 맛이 묘하게 떨어진 느낌이 든다. 이유가 있는가?"

만약 음식은 그대로인데 맛이 떨어지게 느껴진다면 그건 몸에 뭔가 이상이 생겼다는 의미다. 그는 마기언답게 건강에도 상당히 신경을 쓰고 있었다.

"그, 그것이……."

요리장이 식은땀을 뻘뻘 흘렸다.

"폐하의 옥체를 염려하여 소스를 좀 바꿔 보았습니다. 혹여 마음에 안 드시는지……?"

"그런 거였나?"

릴스타인은 안심했다. 자신의 몸에 문제가 생긴 것은 아니었다.

"그대의 충성심을 높이 사겠다. 하지만 짐의 입맛엔 예전이 더 낫군. 크게 문제가 없다면 원래대로 조리하도록 하게."

"알겠습니다, 폐하."

릴스타인이 다시 식사에 임했다. 요리장도 정중하게 예를 올린 뒤 물러났다.

부엌으로 돌아온 요리장이 울상을 지었다.

'아으, 어쩌지……'

사실 그는 일부러 레시피를 바꾼 것이 아니었다.

요리장이 선반에서 커다란 유리병 하나를 꺼냈다. 원래는 연한 갈색의 소스가 가득 차 있었던, 하지만 지금은 바닥까지 박박 긁은 덕에 거의 남지 않는 병이었다.

텅 빈 병을 바라보며 요리장은 깊은 한숨을 쉬었다.

"휴우……."

이 소스야말로 그를 일개 요리사에서 궁중 요리장의 위치까지 올려준 일등 공신이었다. 문제는 그가 소스의 제조법을 모른다는 점이었다.

이 소스의 원주인은 아무리 천금을 쌓아놓아도 비법을 알려주지 않았다. 다른 요리는 가격 따라 레시피를 팔기도 했지만, 이것만큼은 철저하게 비밀을 지켰다. 그저 몇 달에 한 번씩 소스를 제작해 팔아넘길 뿐이었다.

텅 빈 병을 바라보며 요리장이 투덜거렸다.

"젠장, 도무지 어떻게 만드는 건지를 모르겠으니……."

꿀과 과즙, 그리고 각종 허브와 계피, 와인이 들어간다는 것까진 알겠다. 하지만 아무리 재현해 보려 해도 제맛을 낼 수가 없다.

짠맛과 단맛, 신맛과 감칠맛이 절묘하게 균형을 맞추는데, 저 미묘한 밸런스가 도무지 잡히질 않는다.

'하긴 이 정도 되니까 자신 있게 팔았겠지.'

이 소스를 만든 거구의 기사를 떠올리며 요리장은 초조하게 뇌까렸다.

"…하이어 제논은 대체 언제쯤 돌아오는 거야?"

＊　　　＊　　　＊

성시한이 소리쳤다.

"제논장 못 봤어, 알리타?"

"그거, 아마 두 번째 선반 안쪽에 있을걸요?"

이내 부엌에서 뭔가 뒤지는 소리가 들렸다.

"어, 찾았다. 고마워."

옅은 갈색 병을 들고 나오며 시한은 싱글벙글 웃었다. 마루에서 먼지를 털던 제논이 그를 보며 한숨을 내쉬었다.

"제 특제 소스에 이상한 이름 붙이지 말아주십시오……."

시한이 그의 소스를 좋아해 주는 것은 물론 기쁜 일이다. 하지만 왜 저런 괴상한 이름을 붙였는지는 모르겠다.

뭐, 시한 말로는…….

'간장, 된장, 고추장, XO장, 그러니까 제논장!'

…이라는데, 뭔 소리인지 전혀 모르겠고.

아무리 상대가 생명의 은인이자 자신의 영웅이라고 해도 제논에겐 요리인으로서의 긍지가 있었다. 그래서 그는 심각한 얼굴로 반박했다.

"제논장이라고만 하면, 꼭 제 특제 소스가 그거 하나밖에 없는 것처럼 보이잖습니까?"

"그쪽이 문제였냐?"

황당해하며 시한은 거실로 나왔다.

거실 테이블 위에 세 잔의 걸쭉한 액체가 놓여 있었다.

냄새만으로도 얼마나 맛이 없는지 익히 짐작이 간다. 액체에 소스를 섞어 휘저으며 시한이 투덜거렸다.

"이거라도 있어야 이 맛없는 약을 참고 마시지."

참고로 제논장을 애용하는 것은 그뿐만이 아니었다.

"저도 주세요."

"저도 좀……."

세 사람은 그대로 액체를 들이켰다. 빈 잔을 바라보며 시한이 히죽 웃었다.

"아, 역시 돈이 넉넉하니까 편하네."

이들이 마신 것은 소드하이어 전용의, 신체를 활성화시키고 투기량을 증가시켜 주는 비약이었다. 켈테론이 인근 태양의 신전에서 비싸게 사온 귀한 물건이다.

물론 이걸 마신다고 저절로 투기량이 펑펑 올라가는 건 아니다. 어디까지나 수련에 보조로 도움을 주는 정도다. 보디빌더가 단백질 프로틴을 섭취하는 정도의 효과랄까?

"오늘은 이것도 복용해야지."

잔을 치운 뒤 이번엔 푸른빛이 도는 환약을 꺼낸다.

이 역시 켈테론이 구해온 물건이었다.

투기량을 올려준다는 점은 같지만 효능이 월등히 좋다. 방금 마신 비약이 단백질 프로틴이라면, 이건 운동선수가 스테로이드 맞는 것에 비유될 수 있을 것이다.

셋은 환약도 꼴깍 삼켰다. 그리고 마루에 옹기종기 모여 앉아 명상에 잠겼다.

문득 시한이 눈을 떴다.

슬쩍 입고 있는 평상복에 투기를 불어넣어 본다. 평범한 옷감에 가공할 강도와 물성이 깃든다. 투기로 강화된 금속 갑옷과 비교해도 전혀 꿀리지 않는다.

달인급 소드하이어나 가능한, 전신의 천 옷을 갑주화시키는 경지였다.

'나쁘지 않군.'

차분히 전신의 기운을 점검하며 그는 미소를 지었다.

'기대했던 것보다 투기량 회복이 빠른데?'

켈테론이라는 든든한 후원자를 얻은 덕이었다.

등 따시고 배부른데 놀고먹기까지 한다. 그 비싼 투기량 증강 비약도 간식처럼 먹어댔다.

시간도 돈도 남아도니 오직 수행과 회복에만 전력을 다할 수 있는 것이다.

'문제는 마력 쪽이 생각만큼 빨리 회복되지 않는다는 건데…….'

차원을 관통하며 시한이 몸을 보호한 수법은 마법이 주고 투기가 보조하는 식이었다.

그렇다 보니 소모량도 마력이 투기보다 훨씬 컸다. 게다가 마력은 투기와 달리 고층 주문으로 올라갈수록 필요치가 기하급수적으로 커진다.

그래서 마력은 아직도 5층 수준에 머물고 있었다. 처음에 비하면 벌써 다섯 배 가까이 회복했음에도 불구하고.

'뭐, 꾸준히 노력해야겠지.'

어차피 지금 당장 배신자들을 모조리 찾아갈 것도 아니었다. 큰 문제는 없다. 투기의 힘만으로도 그는 왕년 그 명성을 떨칠 수 있었다.

'이 추세라면…….'

주먹을 움켜쥐며 성시한은 만족스럽게 웃었다.

'조만간 젝센가드를 상대할 수 있겠어.'

　　　　*　　　　　*　　　　　*

　켈테론을 휘하에 거둔 지도 어언 한 달째.

　시한은 저택 복도를 따라 걷고 있었다.

　맞은편에서 걸어오던 한 무리의 갑옷 걸친 사내들이 그를 보더니 흠칫 놀랐다. 켈테론 백작가의 기존 호위 기사들이었다.

　하나같이 두려워하는 표정으로 어색하게 고개를 숙인다.

　"아, 안녕하십니까, 하이어 선!"

　자고로 텃세란 인류가 존재하는 한 사라지지 않는 악습 중 하나.

　처음 시한 일행을 봤을 때만 해도 이들은 한껏 목에 힘을 주며 기강을 잡으려 했다.

　'자네들이 새 호위 기사들인가?'

　'그렇다면 선배로서 후배들을 환영해 주어야겠는데? 킥킥킥!'

　기사라 칭하고는 있었지만 대부분 종자급 수준의, 무뢰배나 다름없는 이들이었다. 애초에 제대로 된 기사라면 켈테론 백작 같은 근본 없는 귀족 밑으로는 가려 하지 않는 것이다.

　'사교단 토벌 때 백작님 눈에 들었다지?'

　'쳇, 우리는 데려가지도 않으시더니…….'

사실 켈테론이 굳이 일반 호위병만 대동한 이유는 비밀 유지 때문이었다. 사람들은 일반 호위병 쪽이 비밀 유지가 더 안 되지 않을까 생각할 수도 있겠지만, 사실은 훨씬 비밀 지키기가 쉽다.

일 꼬이면 '미련 없이' 간단히 죽일 수 있으니까.

물론 호위 기사들은 그런 사실을 몰랐다. 그저 쌓인 불만을 신참들에게 풀어보려 했을 뿐이다.

'어디, 얼마나 실력이 좋은지 좀 볼까?'

시한은 그들의 요청을 들어주었다. 지금 이들의 태도가 그날의 결과를 말해주고 있었다.

상대를 보자마자 기사들이 일제히 복도 한쪽으로 비켜섰다.

누군가가 조심스레 물었다.

"저, 저택에 어쩐 일로?"

"켈테론 백작님께서 부르셨습니다."

"그, 그렇군요. 그럼 살펴 가십시오."

실소를 흘리며 시한은 그들을 지나쳤다. 수도 한복판, 권세 귀족가의 저택인데 뭔 큰일 생긴다고 살펴 가기까지 해야 하는지 모르겠다.

멀어지는 시한을 보며 기사들이 고개를 절레절레 저었다.

"기사급 소드하이어씩이나 돼서 왜 굳이 여기서 일하는 거야? 나 같으면 당장 흑사자 기사단 갔겠다."

"듣자 하니 보수가 장난이 아니라더군."

"좋겠다, 부럽네……"

일반인들 눈에는 초인처럼 보이는 소드하이어지만, 그 속에서는 여전히 격차가 있고 서민의 애환이 있는 것이다.

"에휴, 우린 언제쯤 저렇게 되나?"

*　　　　*　　　　*

성시한이 켈테론 백작의 응접실 문을 두드렸다.

"백작님, 션 스테인입니다."

안에서 호통 소리가 들려왔다.

"늦어! 언제 불렀는데 이제야 온단 말이냐! 어서 들어와!"

"죄송합니다."

방 안으로 들어서니, 거만한 태도로 의자에 반쯤 걸터앉은 켈테론의 모습이 보였다. 옆에서 두 명의 하녀가 뭔가 시중을 들고 있었다.

켈테론이 하녀들에게 손가락을 까닥거렸다.

"이제부터 긴한 이야기를 해야 한다. 너희들은 이만 물러가거라."

"예, 백작님."

방문이 닫히고 방 안에 성시한과 켈테론, 둘만 남았다.

상대의 태도가 돌변했다.

"오셨습니까, 시한 님."

잽싸게 자세를 바로하며 비굴한 미소를 짓는 것과 동시에 지문이 닳도록 손바닥을 비벼댄다.

시한이 감탄을 흘렸다.

"메소드 연기가 날이 갈수록 물이 오르는군, 켈테론?"

오만한 귀족이 오만한 귀족을 연기하고 있으니 당연히 메소드 연기가 출중하시겠지.

켈테론이 송구스럽다는 듯 뒷머리를 긁었다.

"상황이 상황인지라 어쩔 수 없이……."

뛰어난 연기력 또한 간신배의 필수 덕목 중 하나인 것이다.

시한을 따르기로 한 지금도, 켈테론은 매일 아침마다 젝센 가드 앞에서 뜨거운 충성심을 가장해 아부를 떠는 중이었다.

초인급 소드하이어의 예민한 감각을 속일 정도로 그의 연기력은 가히 경지에 올라 있었다.

'이러니 나한테 보이는 태도도 진짜인지 가짜인지 알 수가 있어야지?'

속으로 혀를 차며 성시한이 맞은편에 털썩 앉았다.

"어찌 되었나?"

품에서 종이 뭉치를 꺼내며 켈테론이 대꾸했다.

"일단 제가 명단을 꾸려보았습니다."

서류엔 각종 인명과 그에 관련된 정보가 나열되어 있었다. 서류를 받아 훑어보며 시한이 물었다.

"이들인가?"

"예, 젝센가드와 대적할 명분과 세력이 있는 이들입니다."

테라노어로 돌아온 성시한이 원하는 것은 단순히 배신자들의 목숨이 아니다.

자신을 배신한 대가로 얻은, 저들이 누리고 있는 모든 것을 빼앗는 것이 그가 바라는 진정한 복수다.

그래서 켈테론은 두 가지 안을 준비했다.

첫 번째 안은 쉽고, 빠르고, 확실하며, 실패 가능성이 전무한 계획이었다.

'그냥 시한 님께서 정체를 드러내시고 앞장서시면 됩니다. 모든 일이 일사천리로 진행되겠지요. 전 왕국이 젝센가드로부터 등을 돌리는 데 사흘도 안 걸릴걸요?'

하지만 첫 번째 안은 채택할 수 없었다.

'배신자가 젝센가드 한 명뿐이라면 그것도 괜찮겠지. 하지만 남은 다섯 명에게 대비할 여유를 주고 싶지 않아.'

'저도 그렇게 생각합니다.'

만약 이계구원자가 테라노어로 돌아왔다는 게 알려지면 남은 혁명 영웅들은 순식간에 똘똘 뭉쳐 그를 대적할 것이다.

아무리 시한이 전성기 힘을 전부 되찾아도 다섯 명 전원을 한꺼번에 상대할 수는 없다.

그래서 내놓은 두 번째 안이 이것이었다.

'시한 님의 정체를 숨긴 채, 쿠데타를 일으켜 젝센가드를 몰아내는 방법이지요.'

명단을 읽고 있는 시한의 눈치를 보며 켈테론이 입을 열었다.

"이쪽도 불가능한 이야기는 아닙니다. 아무래도 현 국왕 폐하께선 그리 성군이 아니신지라……."

"그대가 그렇게 되도록 유도한 건 아니고?"

시한이 슬쩍 노려보았다. 멋쩍어하며 켈테론이 대꾸했다.

"간신이라 욕먹는 이들이 딱히 국왕을 나쁜 길로 이끄는 것은 아닙니다. 그냥 무슨 짓을 하건 무조건 훌륭하시다고 치켜세워줄 뿐이죠. 전 그저 젝센가드가 원하는 대로 따르고 반대하지 않았을 뿐입니다."

"그게 바로 나쁜 길로 이끄는 것 아닌가?"

"하긴, 애 잘못 키우는 부모들이 대부분 하는 변명이긴 합지요."

히죽거리며 켈테론은 말을 이었다.

"시한 님의 존재를 숨긴다면 쿠데타의 성공 여부는 반반입니다. 어쨌거나 상대는 혁명 영웅이니까요."

"확실히 그래 보이는군."

서류를 넘기며 시한은 인상을 썼다. 반감을 지닌 이들의 세력이 기대했던 것만큼 크지 않았다.

"그간 봐 온 젝센가드의 통치 방식을 생각해 보면 이보다는 반발이 심할 거라 여겼는데."

"군부를 꽉 잡고 있으니까요."

어지간한 행정 업무는 죄다 미루는 젝센가드였지만, 군사적인 부분만큼은 철저히 스스로 관리한다. 흑사자 기사단과 3만의 정규군은 여전히 혁명 영웅 젝센가드를 숭배하고 있었다.

"그런데… 숭배하는 것치곤 흑사자 기사단부터가 젝센가드 몰래 딴짓하던데?"

사교단 토벌 때의 일을 떠올리며 시한이 미심쩍어했다. 켈테론이 수염을 어루만지며 웃었다.

"뒤에서 딴 주머니 차는 것과 대놓고 반역을 저지르는 것의 차이는 크지요. 물론 파고들 틈 정도야 충분히 있겠습니다만."

또한 국왕파 귀족들 역시 젝센가드의 절대 권력을 받쳐 주는 주요 핵심이었다. 구심점을 중심으로 똘똘 뭉쳐 행정 부분을 꽉 잡고 있는 것이다.

시한이 눈을 빛냈다.

"그 구심점이 누군가? 그자부터 처리하면 되겠군."

켈테론이 슬그머니 오른손을 들었다.

"저요."

"……"

알고 보니 벌써 처리가 끝난 사안이었다.

"하긴, 그러니까 쿠데타 성공 확률이 반씩이나 되었겠지."

실소하며 시한은 서류를 내려놓았다.

"대충 정리하면 충분히 할 만하다, 하지만 쉽지도 않다, 정도인가?"

테이블 위에 늘어놓은 서류 중 한 장을 집어 든다.

"역시 이 친구가 제일 적임자인 것 같군."

"제 생각도 같습니다요. 단지 사소한 문제가 하나 있긴 한데……"

"뭔데?"

"이분이 워낙 저를 벌레 보듯 하며 싫어하셔서 말이죠."

서류에 적힌 이름을 보며 어쩔 수 없다는 듯 켈테론이 어깨를 으쓱거렸다.

"저 같은 간신배를 싫어하는 시점에서 충분히 제대로 된 인간이란 의미지요. 왕국의 미래를 생각하면 제일 적임자이긴 합니다."

"자아비판이 훌륭하시군?"

"제가 원래 주제 파악은 좀 하고 살거든요."

"알면서 저지른다는 게 더 질이 나빠."

투덜대며 성시한은 아쉬운 표정을 지었다. 명분도, 지위도, 성품도 가장 적합한 자였다.

"자네를 싫어한다면 아무래도 손잡기 힘든 것 아닌가?"

"꼭 그렇지는 않습니다."

군이 켈테론이 사소한 문제라고 말한 이유가 있었다.

"이분께는 상당히 심각한 약점이 있습니다. 충분히 이용할수 있는 약점이지요."

꽤나 자신만만한 표정이었다. 그래서 시한도 마음을 정했다.

"그럼 이 친구부터 포섭하도록 하지."

그리고 서류에 적혀진 이름을 읽었다.

"젝센가드의 장자이자 제1왕위계승권자, 아인츠 라텐베르크라……."

*　　　　*　　　　*

분수 위로 물줄기가 햇빛을 받아 춤을 춘다. 향긋한 꽃내음이 공기를 타고 천천히 흐른다.

미로처럼 꾸며진 아름다운 정원, 푸른 정원수 사이를 이십

대 후반의 미녀가 홀로 거닐고 있었다.

하늘색 드레스에 금빛의 장식을 달고 붉은빛이 도는 금발을 곱게 땋아 내린 아름다운 여인이었다.

문득 미녀의 등 뒤로 사내의 목소리가 들렸다.

"산책 중이시라고 들었습니다, 왕비님. 어찌 시녀도 안 거느리시고⋯⋯."

여인, 젝센가드의 정비인 레일라 렌 라텐베르크는 조용히 뒤를 돌아보았다. 그리고 부드럽게 웃었다.

"오늘따라 햇살이 기분 좋아서요, 아인츠 왕자."

두 사람이 발걸음을 옮겼다. 어깨를 나란히 한 채 아인츠가 말했다.

"아버님은 새 왕궁의 건설을 포기하실 생각이 없으시더군요."

"그렇겠지요. 그분이라면⋯⋯."

레일라는 한숨을 쉬며 자신의 남편을 떠올렸다.

"폐하께선 자신의 의지를 결코 꺾지 않으시지요."

"왕비님께서 아버님께 간언할 수도 있지 않을까요?"

"제 발언 따윈 그분께 어떤 의미도 없을 거예요."

모든 것을 포기한 어조로 레일라가 중얼거렸다.

"왕비의 관을 머리에 얹었을 뿐, 전 남화궁의 수많은 여자와 전혀 다를 게 없으니까요."

안타까운 눈빛으로 아인츠는 레일라를 바라보았다.

아버지의 아내, 명목상 자신의 어머니, 하지만 스무 살의 아인츠와 몇 살 차이 나지도 않는 이 젊고 아름다운 여인을.

그녀가 젝센가드의 왕비가 된 것은 고작 17세라는 어린 나이의 일이었다. 당시 젝센가드가 30대 초반이었으니 무려 열몇 살이나 차이가 나는 셈이다.

하지만 귀족이나 왕족들 사이에서 이 정도 나이 차이 나는 부부는 의외로 흔했다. 어차피 정략결혼이란 게 그런 식이었으니까.

그저 아버지가 시키는 대로, 아버지와 비슷한 연배의 남자에게 시집을 갔다. 그리고 십 년의 세월이 흘렀다.

일국의 왕비임에도 그녀에겐 어떠한 권세도 영향력도 없었다. 보기 좋은 장식품처럼 왕좌의 옆에 앉아 소리 없이 시들어갈 뿐······.

문득 레일라가 빙그레 웃었다. 수심 어린 표정 위로 장난스런 미소를 교차하며 아인츠를 올려다본다.

"혹시 모르겠네요? 제가 폐하의 아이라도 낳았다면 지금보단 좀 상황이 나았을지도."

결혼한 지 십 년이나 지났음에도 젝센가드와 레일라 사이에는 아직 자식이 없었다. 워낙 후궁들이 많다보니 잠자리를 같이할 기회가 별로 없었던 탓이다.

게다가 젝센가드 입장이라면, 굳이 입맛에 맞는 수많은 후궁을 놔두고 자신에게 별 관심도 없는 레일라를 찾을 이유도 없긴 하다.

갑자기 아인츠의 말투가 변했다.

"그 부분만큼은 정말 다행이라고 생각하고 있지, 레일라……."

일국의 왕비를 바라보는 정중한 태도에서 한 여인을 대하는 진지한 사내의 얼굴로 바뀐다.

레일라의 안색이 창백해졌다. 그녀가 겁먹은 얼굴로 주위를 두리번거렸다.

아인츠가 나직하게 말했다.

"주위엔 아무도 없어."

그러자 레일라의 표정이 풀어졌다.

"아인츠……."

남자의 손가락이 여인의 어깨를 더듬어갔다. 부드럽게, 마치 유리 세공품을 다루듯 조심스럽게 그녀를 등 뒤에서부터 껴안아간다.

떨리는 목소리로 레일라가 중얼거렸다.

"곤란해요, 아인츠."

"알아."

푸른 눈동자가 촉촉해진다.

"저는 왕비예요."

"알아."

그녀는 아인츠의 손길을 거부하지 않았다. 조용히 눈을 감고 두 남녀는 잠시 서로의 온기를 주고받았다.

잠시 후 레일라가 몸을 뺐다.

"…이만 들어갈게요."

이런 모습을 누군가에게 들킨다면 곤란한 정도로 끝나지 않는다. 겁먹은 얼굴로 레일라는 바삐 걸음을 놀려 정원 저편으로 사라져 갔다.

아인츠는 아련한 얼굴로 그녀의 뒷모습을 바라만 보고 있었다. 그녀의 잔향이 아직도 품 안에 머무는 듯했다.

허무한 욕설이 흘러나왔다.

"…제기랄."

그 역시 걸음을 옮겼다. 미로 같은 정원을 빠져나와 궁의 입구로 향한다. 그리고 나직하게 외쳤다.

"나와라, 벌레 같은 놈."

건물과 이어진 나선형 계단 뒤에서 염소수염의 깡마른 중년 사내가 모습을 드러냈다. 비굴한 표정으로 웃음 지으며 사내가 히죽거렸다.

"벌레라도, 왕자님을 위해 특별히 주변을 치울 정도의 능력이 있는 벌레입지요. 제법 쓸모가 있지 않습니까?"

아인츠의 표정이 더더욱 일그러졌다. 정말이지 눈앞에서 대화를 나누기도 싫은 작자였다.

하지만 이 작자의 도움이 없다면 그나마 존재하는 그녀와의 짧은 교감조차도 누릴 수 없어지게 된다.

애써 목소리를 누그러뜨리며 아인츠가 물었다.

"무슨 일로 날 찾은 것이냐, 켈테론?"

켈테론의 입가에 떠오른 미소가 더욱 짙어졌다.

"긴히 드릴 말씀이 있습니다. 좀 더 은밀한 곳으로 자리를 옮겼으면 합니다만?"

*   *   *

정교한 사자 그림이 그려진 방이었다. 기둥마다 새와 나무를 조각해 놓은 우아한 응접실, 아인츠 왕자의 개인적인 공간으로, 온갖 마법으로 수호되는 곳이다.

이곳이라면 어떤 대화를 나누더라도 밖으로 새어 나갈 일이 없다. 두 사람은 테이블을 가운데 두고 마주 앉았다.

아인츠가 비웃음을 던졌다.

"지금 그건 무슨 헛소리냐? 네놈이 아버님을 배신하려 한다는 걸 나보고 믿으라고?"

용건을 듣자마자 왕자는 차가운 불신만을 보였다. 켈테론은 속으로 헛웃음을 흘렸다.

'안 믿을 줄 알았지…….'

솔직히 자신이 생각해도 어이없는 소리였다.

젝센가드의 총애를 받으며 온갖 비리와 부정부패를 저지르던 놈이, 갑자기 국가와 백성의 앞날을 위해 쿠데타를 일으키자고 한다?

누구나 함정이라고밖엔 판단할 수 없을 것이다.

'하긴, 시한 님이 아니었으면 내가 왜 이런 생각을 했겠냐?'

문제는 성시한의 존재를 드러낼 수 없다는 점이다. 그렇다 보니 상대를 설득하기가 힘들다.

경멸을 숨기지 않은 채 아인츠가 인상을 썼다.

"사자 몸속의 기생충 주제에 우국충정을 논할 셈이냐? 아무도 안 믿을 헛소리 말고 어서 본론이나 말해라!"

켈테론은 잠시 머릿속을 정리했다.

진실을 말할 순 없다. 하지만 거짓으로 상대의 마음을 사는 것이야말로 그가 제일 자신 있어 하는 특기가 아니던가?

"왕자님 말씀이 옳습죠. 전 확실히 기생충 같은 놈입니다."

그 어떤 칼이나 창보다도 뛰어난 무기인, 자신의 세 치 혀를 놀리기 시작한다.

"그리고 좋은 기생충은 좋은 숙주를 고르는 법이지요."

음침한 목소리로 켈테론이 단언했다.

"젝센가드는 슬슬 수명이 다한 숙주입니다."

아인츠의 안색이 눈에 띄게 굳었다. 지금의 발언은 농담으로라도 함부로 할 것이 아니었다.

"무슨 속셈인지는 모르지만, 무모하군? 아버님은 그리 관대한 성품이 아니시다."

"저도 이번 일에 목숨을 걸고 있다는 의미지요."

이유는 다르지만 목숨이 걸려 있는 건 맞다. 켈테론도 비굴한 표정을 거두고 진지하게 말을 이었다.

"사실대로 말씀드리지요. 쓸데없는 애국심이나 고통 받는 백성 따위는 제 알 바 아닙니다. 이건 철저히 제 자신을 위해서 드리는 말씀입니다. 단지 그 결과로 백성들의 고통이 훨씬 덜해지긴 하겠지요."

"개소리가 일품이군. 계속해 봐라."

"무릇 간신이라 욕먹는 이들의 꿈은 부귀영화입니다. 하지만 그 영화가 짧아서야 의미가 없지요. 전 천수를 다할 때까지 부귀영화를 누리고 싶습니다."

"이해할 수 없는 말이군? 아버님은 아직 젊으시다. 그분의 치세 역시 앞으로 몇십 년은 더 가겠지."

"다른 왕국이 손 놓고 구경만 한다면 그렇겠지요."

그러자 아인츠의 안색도 바뀌었다. 그 역시 비슷한 생각을 하고 있었으니까.

한때는 두터운 우정으로 묶여 있던 혁명 6영웅들이었다. 하지만 십 년의 세월이 지나 왕이 된 그들에게 예전의 우정을 기대하는 것은 실로 순진한 생각일 뿐.

멀리 갈 필요도 없다. 당장 몇 년 전 카곤 전쟁에서 젝센가드는 릴스타인과 카렌 이나시우스, 양쪽의 뒤통수를 거하게 친 적이 있는 것이다.

그런데 젝센가드에게 허점이 보이면 과연 다른 나라, 특히 릴스타인 왕국과 이나시우스 교국에서 그냥 두고 볼까?

"솔직하게 말씀하시지요, 아인츠 왕자님. 왕자님께서도 이대로라면 십 년 이상 버티지 못할 거라 생각하고 계시지 않습니까?"

굳이 성시한이 나타나지 않았더라도 켈테론은 어차피 젝센가드의 치세가 길지 않을 거라 예상하고 있었다.

'물론 그것을 대비해 쿠데타를 일으킬 생각은 없었지만.'

실은 그때쯤 적당히 외국과 작당해 나라 팔아먹고, 매국노 소리 들으며 한 재산 챙겨서 은퇴하는 것이 원래 노후 계획이었다.

'이거 시한 님 덕분에 팔자에도 없는 애국자가 되게 생겼군. 뭐, 사실 이쪽이 훨씬 좋은 일이지?'

켈테론이라고 욕먹는 걸 즐기는 성격은 아니다. 그저 욕을 먹든 말든 신경 쓰지 않을 뿐이지.

성공만 한다면 쿠데타 쪽이 매국노가 되는 것보단 훨씬 낫다.

진심이 느껴지는 그 태도에 아인츠도 좀 누그러졌다.

"확실히 왕국 자체가 무너져 버리면 그대도 안전하진 못할 테지."

설마 켈테론이 나라 팔아먹을 궁리까지 하고 있었다는 건 미처 생각지 못한 아인츠였다. 보편적인 도덕과 윤리를 지닌 이라면, 인간이 그렇게까지 추악해질 거라 예상하기도 쉽지 않으니까.

"하지만 역시 이해할 수 없군. 내가 왕이 된다면 그대에게도 결코 좋은 일은 아닐 텐데? 그대가 바라는 것은 꾸준한 부귀영화가 아니었나?"

"그렇습죠."

"그건 왕이 된 내가 그대를 계속 중용해야만 가능한 일일 텐데? 무슨 배짱으로 자신을 내치지 않을 거라 확신하는 것이지?"

켈테론은 속으로 회심의 미소를 지었다. 아인츠의 저 경계심 가득한 태도야말로 마음속 빗장이 반쯤 끌러졌다는 의미다.

왕자의 눈을 똑바로 바라보며 그가 차분히 입을 열었다.

"저는 왕의 도구입니다."

아부는 그저 상대를 추켜세워 주고 듣기 좋은 말만 하는 것이 아니다. 그것은 아부 중에서도 삼류일 뿐이다.

"왕이 백성을 위한 통치를 원한다면 전 최선을 다해 그 뜻을 따를 겁니다. 왕이 사치와 향락을 원한다면 그 역시 최선을 다해 그 뜻을 따를 것이고요."

무릇 진정한 일류 아부꾼이라면 상대의 무의식 속 깊은 곳까지 싹싹 긁어주는 법.

"저라는 도구를 어떻게 쓰느냐는 왕 된 자의 의지입니다."

켈테론은 진지한 표정으로 스스로를 가리켰다.

"젝센가드는 제게 탐욕과 폭정을 요구했습니다. 전 그 뜻에 충실히 따랐지요."

그리고 아인츠의 두 눈을 똑바로 응시했다.

"왕자님께서 왕이 되신다면, 제게 무엇을 요구하시겠습니까?"

아인츠는 침묵했다. 말없이 표정이 몇 번이나 바뀌고 바뀐다.

갈등하는 젊은 왕자를 보며 켈테론은 속으로 고개를 끄덕였다.

'좋은 반응이군……'

이 또한 예상한 바였다. 여기서 갈등하지 않고 바로 넘어올 정도로 생각이 짧은 이라면 오히려 그가 기피해야 할 것이다.

켈테론이 자리에서 일어났다.

"제 용건은 끝났습니다, 왕자님."

아인츠는 배웅하지 않았다. 그저 심란한 얼굴로 연신 굳은 표정을 유지할 뿐이었다.

응접실을 나서던 켈테론이 문득 입을 열었다.

"그녀는 왕비입니다."

아인츠의 어깨가 희미하게 흔들렸다. 태연한 음성이 이어졌다.

"왕의 여자라는 의미지요."

"…무슨 말을 하고 싶은 거냐?"

아인츠의 시선이 칼날처럼 쏘아진다. 켈테론은 슬그머니 상대의 눈길을 피했다.

"크게 대단한 의미가 있는 건 아닙니다. 그저……."

어둠 속을 기어 다니는 악마처럼 요사스러운 목소리가 아인츠를 유혹해갔다.

"왕관을 쓴 자만이, 왕비를 차지할 수 있다는 말이지요."

*　　　　　*　　　　　*

켈테론 저택가 후위의 별채.

오전의 수행을 마친 뒤 성시한은 거실에서 휴식을 취하고 있었다.

머리도 식힐 겸, 요즘 테라노어의 분위기도 익힐 겸 켈테론이 구해준 서적들을 이것저것 뒤적거리며 시간을 보내던 중이다.

갑자기 별채 뒷마당에서 굉음이 울렸다.

콰아아앙!

동시에 창문 밖에서 알리타의 비명이 들려왔다.

"꺄아악!"

뒤이어 더욱 처절한 제논의 절규도 울려 퍼졌다.

"으아아악! 이게 무슨 짓인가, 알리타아아!"

곧바로 연신 사죄하는 그녀의 목소리가 이어졌다.

"죄송해요! 죄송해요! 제논!"

하지만 제논의 분노는 전혀 풀리지 않은 듯했다.

"사과한다고 이 끔찍한 참상이 사라질 것 같은가!?"

읽고 있던 책을 내려놓으며 시한은 당혹스러워했다.

"…뭐야?"

요즘 들어선 제논도 알리타에게 적의를 보이는 경우가 많이 줄었다. 하물며 알리타가 저토록 제논에게 설설 기는 경우는 한 번도 본 적이 없다.

'대체 얼마나 큰 일이 터졌기에?'

잽싸게 시한은 집 밖으로 뛰쳐나갔다. 그리고 두 사람이 있는 뒷마당으로 달려갔다.

막 뒷마당에 도착한 순간이었다. 주위를 둘러본 시한의 안색이 창백해졌다.

"허억!"

뒷마당 일부가 어지럽게 파헤쳐져 있었다.

물론 그것뿐이면 이토록 놀라지 않았을 것이다. 문제는 그곳이 제논이 열심히 당근, 상추, 순무, 아스파라거스… 하여튼 온갖 잡다한 식용 식물들을 심어놓은 텃밭이라는 점이다!

"아아아……."

그 참혹한 광경에 제논은 절망하고 있었다. 그리고 성시한은 그의 절망을 절실히 이해했다. 제논이 이 밭을 가꾸는 데 얼마나 정성을 쏟았는지 잘 알고 있었으니까.

알리타가 후다닥 달려가 시한 뒤로 숨었다. 그리고 죽을죄를 지었다는 표정으로 제논의 눈치를 보기 시작한다.

"시, 시한? 이거 어떡하죠?"

"으음……."

시한은 신음을 흘렸다. 차라리 제논을 박살 내 놓았다면 모를까, 그의 신선한 야채를 박살 내 놓았다면 대책이 없다.

'하지만 이대로 놔둘 수도 없는 노릇이지.'

시한이 슬금슬금 제논에게 다가가 물었다.

"이봐, 제논? 괜찮아?"

다행히 제논은 날뛰지 않았다. 애써 흥분을 가라앉히며 심호흡을 한다.

"꽤, 괜찮습니다. 다시 심으면 됩니다. 후우, 후우……."

눈치를 보며 시한이 물었다.

"설명 좀 해줘. 대체 무슨 일이 일어난 거야?"

알리타가 더듬더듬 입을 열었다.

"그게……."

＊　　　＊　　　＊

오전의 투기술 수행을 마친 뒤의 일이었다.

두 사람은 평소처럼 뒷마당으로 향했다. 알리타는 마법 수행을, 제논은 텃밭을 관리하기 위해서였다.

나무 그늘 아래 자리 잡은 알리타가 야심 찬 표정을 지었다.

"오늘부터 제대로 주문을 시전해 봐야지."

마법에 입문한 지도 어언 한 달째, 그녀는 슬슬 마력 운용에 대한 감을 잡고 스펠 북 생성까지 성공한 후였다. 보통 마기언이 이 수준까지 오르는 데 두세 달은 걸린다는 걸 감안하면 상당히 빠른 진도다.

정신을 집중하고 기본적인 1층 마법, 매직 파이어의 주문을 외운다.

"하스트 펠 레펠트 라텔라, 불꽃, 내 손끝에 머물러……."

그렇게 주문을 반도 외우기 전이었다. 갑자기 체내의 마력이 멋대로 폭주하기 시작했다.

'어, 어머? 이거 왜 이러지?'

채 마법을 그만둘 틈조차 없었다.

콰아앙!

정제되지 않은 마력이 순수한 파괴의 빛으로 화해 손끝에서 터져 나온다. 커다란 빛의 기둥이 대기를 달구며 뒷마당을 가로지른다.

그 빛의 궤적 너머, 텃밭에 쪼그려 앉아 깨작깨작 호미질을 하고 있는 제논이 있었다.

"…뭐여?"

멍하니 고개를 돌리는 제논의 눈동자 위로 새하얀 파괴의 빛이 비쳤다. 알리타가 비명을 터뜨렸다.

"꺄아악!"

*   *   *

알리타는 깊은 한숨을 내쉬었다.

"제논에게 맞을까 싶어서 얼른 방향을 틀긴 했는데……."

간신히 그녀의 의도는 성공했다. 파괴의 섬광이 아슬아슬하게 제논을 비껴간 것이다. 대신 텃밭에 사정없이 작렬했다.

그 결과가 이것이었다.

박살 난 당근, 으깨진 상추, 불타는 순무, 처참하게 갈린 아스파라거스 등등…….

제논이 울부짖었다.

"차라리 나한테 쏘지 그랬나! 내 몸은 침 바르면 낫지만 이 아이들은 한 번 망가지면 돌이킬 수 없단 말이다! 어흐흐흑!"

사나이의 진한 눈물이 옷섶을 적신다. 양심의 가책으로 몸 둘 바를 몰라 하며 알리타는 진지하게 사죄했다.

"죄송해요, 다음부턴 꼭 제논을 쏠게요."

"아니, 그렇다고 제논을 쏘면 안 되지……."

편두통을 느끼며 시한은 이마를 짚었다. 뭐, 그녀 딴엔 진심으로 사과한답시고 한 소리일 터다.

"다음부터 이런 일 생기면 하늘에다 쏴라, 알리타."

말을 건네며 시한은 텃밭으로 다가갔다.

얼마나 파괴력이 높았던 건지 텃밭 중앙에 거의 1m 가까운 크기의 구덩이가 파여 있었다.

"이상하네, 이제 고작 마법 입문한 지 한 달인 애가 뭔 힘이 있다고 이 정도 파괴력이 나오지?"

이 정도면 거의 5층 파괴 마법에 필적하는 위력이다.

확인해 볼 필요가 있다. 만일을 대비해 그녀 주위에 억제 결계를 펼친 뒤 시한이 손짓했다.

"다시 아까처럼 해봐, 알리타."

알리타가 차분히 매직 파이어를 재시전했다.

"하스트 펠 레펠트 라텔라……."

"그만! 거기까지!"

시한의 만류에 그녀가 바로 주문 영창을 멈췄다. 이번엔 타이밍이 맞아 아까처럼 마력이 폭주하지는 않았다.

알리타의 전신에 감도는 마력 흐름을 느끼며 시한은 경악했다.

"뭐야, 이거? 알리타, 너……."

마법 자체는 딱히 문제가 없었다. 마력 제어도, 술식 연산도 무난했다. 딱 견습 마기언 수준이었다.

문제는…….

"마력량이 거의 5층 마기언 수준인데? 아니, 출력만 치면 7층에 다다랐나?"

총 마력량, 그리고 그에 따른 출력이 높아도 너무 높았던 것이다. 이제 마법 입문한 지 한 달째인 마기언이 가질 수 있는 마력이 아니었다.

이쯤 되니 제논도 텃밭을 신경 쓸 때가 아니게 되었다. 황당해하며 그가 물었다.

"뭔가 착각하신 거 아닙니까? 말이 안 됩니다만?"

멍한 표정으로 시한이 중얼거렸다.

"응, 안 되지. 말도 안 되는 일인데……."

하지만 분명히 눈앞에 그런 일이 벌어져 있다.

"이게 대체 어떻게 된 거야?"

*　　　*　　　*

무릎을 꿇은 채 알리타는 조용히 눈을 감았다. 그녀의 등에 손바닥을 댄 뒤 성시한이 말했다.

"천천히, 술식은 신경 쓰지 말고 마력만 운용해 봐."

시키는 대로 알리타가 전신의 마력을 끌어올렸다. 그녀 주위로 희미한 바람이 불기 시작했다.

시한의 안색이 변했다.

'맙소사, 이거…….'

착각이 아니었다. 정말 그녀에겐 거대한 마력이 내재되어 있었다.

'일종의 혈통 마법? 아니면 그냥 타고난 재능?'

둘 다 이상하다.

아무리 혈통이 좋고 재능이 뛰어나다 해도 어느 정도 상식이란 게 있는 법이다. 고작 며칠 만에 이 정도 마력을 쌓는 것은 있을 수 없다.

복싱 시작하고 1년 만에 세계 챔피언이 되었다면 '어마어마한 천재로구나!'라고 하겠지만, 일주일 만에 챔피언 벨트를 허리에 감았다면 '뭔가 야바위가 있구나!'라고 여기는 쪽이 정상인 것이다.

'재능이나 혈통으로 이런 게 가능할 리가 있나? 예전의 나조차도 이 정도 마력을 쌓는 데 1년 가까이 걸렸었는데.'

좀 더 확인해 봐야겠다. 시한이 알리타에게 요구했다.

"이번엔 어디, 마력 변환을 시도해 봐."

"네."

사방의 기운을 체내로 흡수해 변환함으로써 마기언은 마력이라는 정신 에너지를 체내에 쌓는다. 시키는 대로 알리타는 명상에 잠겼다.

주위의 기운이 미세하게 그녀에게 스며든다. 성시한조차도 고도로 정신을 집중해야 겨우 느낄 수 있을 만큼 미약한 기운이었다.

알리타의 체내에서 자연기가 마력으로 변환되었다. 그 결과에 시한은 다시 한 번 황당해했다.

'이건 또 뭐야?'

보통 마기언이 10의 기운을 흡수한다면, 1이나 2 정도가 마력으로 변환된다. 지구인인 시한 같은 경우는 테라노어인과 달리 흡수량이 월등히 높아서 수백에 달하는 기운을 흡수하고, 또 대부분을 마력으로 전환할 수 있다.

이것이 성시한이 테라노어의 마기언에 비해 빠른 속도로 마력을 쌓았던 이유다.

반면 알리타의 경우는 또 달랐다.

그녀는 테라노어의 보통 마기언처럼 10의 기운밖에 흡수할 수 없었다. 그런데 마력 변환을 마치고 나니 100의 마력이 생겨 있다?

'그냥 하늘에서 없던 마력이 뚝 떨어지는 것 같잖아?'

심지어 그 비율조차도 일정한 것이 아니었다. 어떨 땐 100이 생겼다가, 어떨 땐 1이 생겼다가, 어떨 땐 1,000도 생기곤 한다!

'이건 무슨 화수분도 아니고······.'

머리가 복잡하다. 시한은 연신 눈만 깜빡거렸다.

알리타가 뒤를 돌아보며 불안한 표정을 지었다.

"저기··· 뭐가 어떻게 된 거예요?"

모르겠다. 전혀 짐작이 가질 않는다.

'사파란이나 릴스타인이었다면 원인을 파악했을지도 모르겠지만······.'

하지만 한 가지는 확실했다.

"이래서야 알리타, 너··· 정상적으로는 도저히 마법을 못 쓰겠는데?"

저 엄청난 마력량에 대해선 전혀 이유를 알 수 없지만, 왜 텃밭이 박살 났는지는 쉽게 파악할 수 있다.

"마력량이 마법 수준에 비해 너무 높아. 그러니 전혀 제어가 되질 않는 거지."

비유하자면 자전거에 F—1 레이싱 카 엔진을 단 셈이다. 자기 뜻대로 조종할 수 있을 리가 없는 것이다.

알리타의 고운 얼굴에 실망의 빛이 떠올랐다.

"그럼 전 마법을 못 익히는 건가요?

"응, 아무래도……."

쓴웃음을 지으며 시한은 그녀를 내려다보았다.

알리타가 마법을 익히는 데 얼마나 고심했는지는 그도 잘 알고 있었다. 지구라는 목표를 세운 후론 특히나 열성적이었다.

그런데 찬물을 끼얹으려니 기분이 좋지는 않지만…….

"정상적인 상황은 아니니까, 마법은 더 이상 시도하지 않는 게 좋지 않을까?"

알리타는 고개를 저었다.

"그러고 싶지 않아요."

적극적으로 성시한을 돕기로 결심했다. 현재 자신의 힘만으론 그에게 큰 도움이 되지 못한다는 것도 자각하고 있었다.

"전 어차피 언제 어떤 식으로 위험해질지 모르는 처지예요.

그런데 이유야 어찌 되었든 강력한 힘이 생긴 거잖아요? 그렇다면 그걸 포기할 순 없어요.'

결연한 의지를 담은 시선이 시한을 마주했다.

"정말 지금의 제가 마법을 익힐 방법이 아예 없는 건가요?"

"솔직히 말하면 아주 방법이 없는 건 아니지만……."

잠시 시한은 머뭇거렸다. 어떤 부작용이 생길지 모르기에 그녀에게 마법을 익히게 하고 싶지 않았다.

하지만 알리타의 저 마력량에 그가 모르는 다른 이유가 있다면, 그런데도 부작용만을 염려하며 마법으로의 길을 막아버린다면 그 또한 그녀의 재능을 짓밟아 버리는 것이 된다.

"평범한 상아탑의 마기언이라면 대책이 없었겠지. 하지만 알리타, 너 같은 경우가 예전에 없었던 것은 아니거든?"

자신을 가리키며 시한은 쓴웃음을 지었다.

"내가 예전에 그런 상태였으니까."

알리타처럼 극단적인 경우는 아니었지만, 왕년의 성시한도 이와 비슷한 상황을 겪은 적이 있었다.

테라노어인에 비해 지나치게 쉽게 마력을 모을 수 있는 반면 그것을 다루는 능력은 큰 차이가 없다. 그렇다 보니 넘치는 마력을 제어 못 해 한동안 고생을 했다.

"내 경우엔 멍청하게 소화도 못 시킬 마력, 꾸역꾸역 처먹은 게 문제였지만……."

뒷머리를 긁으며 시한이 말을 맺었다.

"어쨌거나, 내가 익혔던 방식이라면 가능할 거야."

알리타가 눈을 빛냈다.

"그럼 그 방식을 가르쳐 주세요."

＊ ＊ ＊

켈테론이 아인츠 왕자와 비밀 회담을 나눈 뒤 며칠이 지났다.

결심을 굳힌 아인츠는 한 번 더 비밀스럽게 켈테론과 만났다. 그리고 그의 계획에 참여할 뜻을 보였다.

"하지만 완전히 손을 잡기 위해서는 증거가 필요하다더군요. 제게 과연 쿠데타를 성공시킬 의지, 그리고 실력이 있는지 확인하고 싶다는 겁니다."

집무실에 마주 앉아 켈테론이 공손하게 말했다. 성시한이 고개를 끄덕였다.

"당연히 그렇게 나오겠지. 그래서 어떤 증거가 필요하다는 건데?"

"젝센가드의 3대 충견 중 하나 정도는 처리해야, 믿을 만한 증거가 되지 않겠냐고 합니다."

젝센가드 휘하에는 그의 철권통치를 뒷받침하는 세 명의

심복이 있었다.

각자 군권과 재력, 행정을 장악한 이들을 세간에선 멸시의 의미를 담아 젝센가드의 3대 충견이라 칭했다.

흑사자 기사단의 단장인 하이어 버클리, 왕국 최고의 부호이자 젝센가드의 장인이기도 한 크라마톤 공작 등이 그들이었다.

"하이어 버클리와 크라마톤 공작이라……."

중얼거리다 말고 시한이 문득 의아해했다.

"둘뿐이잖아? 남은 개 한 마리는 누군데?"

켈테론이 슬그머니 오른손을 들었다.

"저요."

어쩐지 익숙한 패턴의 대화였다. 머쓱해하며 시한이 딴청을 피웠다.

"…개라고 해서 미안."

"아닙니다요, 헤헤."

하여튼 아인츠 왕자의 요구는 그 3대 충견 중 하나, 하이어 버클리의 처단이었다.

그가 '불의의 사고'로 목숨을 잃게 된다면, 그리고 그 죽음이 '일고의 의문점 없이 명확하다면' 켈테론의 제안이 진실임을 인정하고 손을 잡겠다는 것이다.

"그쯤 되면 아인츠 왕자님도 믿지 않을 수 없지요. 하이어 버클리 정도 되는 심복을 고작 미끼로 쓸 리는 없을 테니까 말입니다."

"그렇군. 흑사자 기사단장의 목을 원한다, 이건가?"

성시한은 신중한 얼굴로 중얼거렸다.

"하이어 버클리, 달인급 소드하이어라 들었는데……."

"물론 시한 님께는 한입거리도 안 되는 자입죠!"

켈테론은 아인츠의 요구를 아무 고민 없이 승낙했다.

천하의 이계구원자가 그의 뒤에 있는 것이다. 아무리 하이어 버클리가 강력한 소드하이어라도 이계구원자 앞에서는 용 앞의 도마뱀일 테니까.

"으음, 그게……."

성시한은 떨떠름한 표정을 지었다.

그는 아직 예전의 힘을 모두 되찾지 못했다. 하지만 그 사실을 켈테론에게 알릴 수도 없는 노릇.

그래서 슬쩍 말을 돌렸다.

"지금의 난 고유 투기술을 봉인하고 싸워야 한다. 그렇게 말처럼 쉽지는 않아. 현재 그자의 정보가 필요하겠는데?"

다행히 켈테론은 의심하지 않았다. 그 역시 성시한이 '약함'을 가장한 채 싸워야 한다는 것 정도는 이해하고 있었으니까.

"그러실 줄 알고 미리 준비를 해놓았습니다. 시한 님께서 그자를 직접 확인하실 수 있게 말이죠."

그리고 문득 생각난 듯 말을 덧붙였다.

"아, 그리고 하이어 버클리는 시한 님도 아시는 자입니다."

"응? 버클리란 이름의 소드하이어는 기억에 없는데?"

"혁명군 시절엔 다른 이름이었지요. 귀족이 된 다음 성도 이름도 싹 바꿨거든요."

켈테론이 살짝 목소리를 낮췄다.

"젝센가드 군의 제1돌격대장, 다스발트를 기억하십니까?"

성시한의 표정이 일그러졌다. 숨길 수 없는 경멸의 빛이 얼굴 가득 떠올랐다.

"도살자 다스발트? 하이어 버클리가 그 작자였어?"

＊　　　＊　　　＊

달조차 보이지 않는 구름 낀 밤하늘.

짙은 어둠 아래 커다란 궁성의 윤곽이 희미하게 비친다. 하늘을 찌를 듯 높은 나선형의 탑 좌우로 석벽이 녹아들어 가듯 연결된다. 섬세한 조각이 달린 다리들 양쪽으로 아름다운 정원이 기어 올라가듯 비스듬하게 조성된다.

남화궁 옆에 새로 건축 중인 젝센가드의 신왕궁이었다.

아직 이름도 붙지 않은 이 왕궁을 건설하기 위해 젝센가드는 수많은 백성들을 동원했다. 한창 농사일에 열중해야 할 이들이 집을 떠나 가혹한 노역에 투입되었다.

허름한 숙소와 빈약한 배식 속에서 돌을 쪼고 기둥을 올린 지 어언 한 달째.

무수한 인부들이 병들고 지쳐 쓰러져 갔다.

결국 백성들의 인내심은 한계에 다다랐다.

"죽어어어!"

처절한 외침과 함께 굵직한 곡괭이가 한 병사의 머리통을 내리찍었다. 비명조차 남기지 못한 채 상대가 피를 뿌리며 나 자빠진다.

어둠 속에서 처절한 전투가 벌어지고 있었다. 수많은 이가 허름한 옷차림으로 손에 곡괭이며 도끼, 삽과 톱을 들고 창칼 을 든 병사들과 맞서 싸운다.

"우리도 사람이다! 이렇게는 못 살아!"

"이 개 같은 놈들아!"

"으아아아!"

노역에 동원된 백성들이 반란을 일으킨 것이다.

아니, 반란이라는 단어는 좀 과할지도 모른다. 이들이 원하 는 것은 국가를 전복시키는 것도, 젝센가드를 왕위에서 끌어 내리는 것도 아니니까.

그저 이대로 노역에 시달리다 죽고 싶지 않아서, 살아서 자 신의 집으로 돌아가고 싶어서 들고일어났을 뿐.

하지만 위정자에겐 그것이 바로 반란이고 반역이다.

몰려오는 인부들을 상대하며 수도 경비대 병사들이 고함을 터뜨렸다.

"이놈들이 감히!"

"왕명을 거역할 셈이냐!"

대열을 짠 채 병사들은 창칼을 휘둘러댔다.

아무리 수적으로 열세라지만 제대로 무장을 갖추고, 정식 전투 훈련을 받은 정규병들이다. 상식적으로라면 일개 백성 무리가 상대할 수 있을 리가 없다.

그러나 지금 수도 경비대는 비참하게 밀리고 있었다.

백성들을 이끌며 검을 휘두르는 한 무리의 전사들 때문이었다.

"꺼져라, 젝센가드의 개들아!"

투기의 칼날이 허공을 가를 때마다 병사들의 신음이 메아리친다.

"으악!"

"크어억!"

그들은 한때 젝센가드 밑에서, 혁명 7영웅을 믿고 따르며 루스클란 제국과 싸웠던 혁명군 소속 소드하이어들이었다.

세상이 바뀌고 더 이상 검을 들 필요가 없어지자 칼 대신 쟁기를 쥐고 평화로운 삶을 살기로 결심한 은퇴한 전사들.

이들이 먼지를 뒤집어쓴 갑옷을 다시 꺼내 입고 고통받는 백성들을 위해 앞장선 것이다.

수도 경비대 병사 중 나이 든 자 몇몇이 그들을 알아보고 기겁했다.

"하이어 프랑크!"

"맙소사, 델라트 대장님?"

"당신들이 어째서?"

델라트라 불린 50대의 중년인이 나이 든 병사들을 바라보았다.

"그대들은……."

한때 젝센가드의 혁명군에서 휘하 부대를 이끌었던 델라트였다. 은퇴한 그를 대장이라 부른 걸 보면 아마도 당시 자신의 부대원이었을 터.

검을 크게 떨치며 델라트가 땅을 내리그었다.

"물러서라! 한때는 전우였던 사이다! 죽이고 싶지 않다!"

날카로운 투기가 채찍처럼 대지를 찢었다. 흙과 파편이 튀며 병사들의 발길을 가로막았다.

콰콰콰쾅!

그나마 남아 있던 투지조차 없애기에 충분한 무력시위였다. 병사들이 누가 먼저랄 것 없이 도주하기 시작했다.

"으흭!"

"도, 도망쳐!"

"후퇴하라!"

도망치는 수도 경비대의 모습은 그야말로 오합지졸, 그 이상도 이하도 아니었다. 델라트의 표정이 어두워졌다.

'…서글픈 광경이로다.'

도망치는 병사들 속엔 십 년 전 목숨을 아까워하지 않고 제국과 맞서 싸우던 불굴의 용사들도 섞여 있었다.

무엇을 위해, 무엇을 믿고 싸우느냐에 따라 인간의 용기는 이토록 차이가 나는 것이다.

'하지만 지금 상황에선 바람직한 일이군.'

하이어 델라트는 뒤를 돌아보았다. 그리고 뒤따르는 백성들을 향해 소리쳤다.

"갑시다, 여러분!"

*　　　*　　　*

수많은 인파가 수많은 횃불을 든 채 거리를 가로질렀다. 고요하던 왕도 라텐셀의 밤거리가 때아닌 소음으로 가득 찼다.

라텐셀의 시민들은 두려워하며 문을 걸어 잠그고 방구석에 쪼그려 앉아 벌벌 떨었다. 수많은 발소리와 고함, 그리고 신음이 뒤섞여 검은 하늘 위로 혼탁하게 메아리치고 있었다.

그렇게 도망친 백성 무리들을 이끌고 델라트는 왕도 남쪽으로 향했다.

곁에 있던 나이 든 인부 하나가 겁먹은 얼굴로 그에게 질문했다.

"이제 저희는 어떻게 되는 겁니까요, 기사님?"

당장 공사 중인 왕궁에서 탈출한다 해서, 이들이 고향으로 돌아갈 수 있는 것은 아니다. 오히려 반역죄를 뒤집어쓰게 되어 가족들까지 위험에 처해질지도 모른다.

그럼에도 인부들은 탈출을 꿈꿨다. 이대로라면 부려 먹히다 죽어갈 뿐이었으니까.

하지만 역시 미래가 두렵지 않을 수 없다.

인부의 질문에 델라트가 부드러운 목소리로 대꾸했다.

"이나시우스 교국이나 릴스타인 왕국으로 넘어가면 살길이 있을 거요."

"…집으로는 못 돌아가는 겁니까?"

"도망자 신세가 되는 것이, 죽는 것보다는 낫지 않소?"

"그, 그렇지만 말입죠……."

미련이 남은 얼굴로 나이 든 인부가 말끝을 흐렸다. 그는 여전히 이대로 고향으로 향하고 싶은 것이다.

델라트는 한숨을 내쉬었다. 하지만 상대를 탓하진 않았다.

가족에게 돌아가고 싶다는 저 간절한 마음을 단순히 못 배위 먹었다고, 생각이 짧다고 비난할 순 없다.

대신 그는 걱정스런 얼굴로 등 뒤를 바라보았다.

다들 발걸음이 상당히 느려진 후였다. 오랜 노역으로 지친 이들이었다. 전투로 인해 부상을 당한 자들도 있었다.

"모두들 힘내시오! 이제 곧 남문이오!"

애써 백성들을 독려해 막 거대한 성곽 입구에 도달했을 때였다.

갑자기 델라트의 안색이 창백해졌다.

"이런! 어느새⋯⋯."

두꺼운 성문 앞에 수십 명의 기사가 도열해 있었다. 거무튀튀한 흑색 갑주에 펄럭이는 검은 망토, 가슴께의 휘장에 포효하는 흑사자의 문양이 뚜렷하게 보인다.

"헉!"

"으어어⋯⋯."

도망친 인부들이 공포에 질려 뒷걸음질 쳤다.

수십 명의 기사가 흘리는 아지랑이 같은 투기가 보이지 않는 벽이 되어 그들을 가로막고 있었다. 그저 서 있는 것만으로 주위를 모조리 장악해 버리는 듯한 가공할 존재감이었다.

누군가가 이를 갈며 소리를 질렀다.

"흑사자 기사단!"

기사들 사이에서 한 중년 사내가 앞으로 나섰다.

적갈색 머리에 군청색 눈동자, 까무잡잡한 피부를 지닌 40대 후반의 기사였다. 그리 큰 덩치가 아님에도 전신이 돌처럼 단련되어 묘하게 커 보이는 인상이었다.

"불충한 놈들 같으니……."

사내가 얼어붙은 군중을 노려보며 노호를 터뜨렸다. 가공할 기세가 그를 중심으로 뿜어져 나왔다.

"더 이상의 무도함은 용서치 않겠다!"

중년 기사는 다른 흑사자 기사들처럼 금속 갑옷을 입고 있지 않았다. 그저 평범한 예식복만을 걸친 채 커다란 칼날이 달린 장창, 글레이브를 쥐고 있을 뿐이었다.

그런데도 전신에서 강철 같은 기세가 쉴 새 없이 흘러나온다. 기사급을 넘어서 달인급 소드하이어의 경지에 들어섰다는 증거다.

암담해하며 델라트는 이를 악물었다.

"…흑사자 기사단장이 직접 나섰단 말인가?"

흑사자 기사들이 좌우로 흩어지며 군중들을 포위했다. 델라트를 따르던 소드하이어들이 투기검을 끌어올리며 앞을 가로막았다.

대치 상태가 이어지며 팽팽한 공기가 사방을 뒤덮기 시작했다.

하이어 프랑크가 주위를 둘러보며 혀를 찼다.

"이렇게 빨리 들킬 줄은……."

상대는 흑사자 기사단, 젝센가드 왕국 최강의 기사들로 지금도 왕성하게 현역으로 활동 중인 이들이었다.

몇 년이나 검을 놓은 자신들이 과연 저 최정예들을 상대할 수 있을까?

하이어 버클리가 천천히 앞으로 걸어 나왔다.

"오랜만이군, 델라트 영감."

검을 고쳐 쥐며 델라트도 씁쓸하게 대꾸했다.

"그래, 오랜만이구나. 다스발트."

"그 이름, 버린 지 오래다."

인상을 쓰며 버클리는 손에 쥔 글레이브를 천천히 들어 올렸다. 창끝에서 피어오른 투기가 팔뚝을 타고 올라 전신을 뒤덮었다.

"기사 된 자가 비록 은퇴했다 하나 충정을 버리고 반역을 꿈꾸다니……."

그를 중심으로 풍경이 아지랑이처럼 기이하게 일그러졌다. 달인급 소드하이어의 가공할 투기가 무형의 경지를 넘어 시야를 희롱하는 것이다.

"타아앗!"

델라트도 전력으로 투기를 끌어올렸다.

그 역시 달인급 소드하이어, 마찬가지로 전신에서 아지랑이가 피어오른다.

일그러진 두 기류가 서로의 영역을 침범하며 뒤섞이는 순간.

"이제 그 죄를 묻겠다!"

고함을 터뜨리며 버클리가 땅을 박찼다. 긴장하며 델라트도 마주 투기검을 날렸다.

투기와 투기가 허공에서 충돌하며 거대한 방전음을 울렸다.

파지지직!

단 일격만으로 델라트는 수 미터 가까이 뒤로 밀렸다. 충돌의 여파로 낡은 장검이 삐걱대며 비명을 질렀다.

간신히 자세를 제어하며 델라트가 소리쳤다.

"반역? 지금 반역이라고 했나?"

등 뒤의 군중을 가리키며 늙은 전사가 분노를 터뜨린다.

"눈이 있다면 잘 봐라!"

공포와 절망에 빠져 있는 이들이었다. 제대로 먹지도 입지도 못한 이들이었다. 피골이 상접한 육체 위로 누더기를 걸친 이들이었다.

"저들이 반역자로 보이느냐?"

버클리는 흔들리지 않았다.

"기사에게 있어 가장 중요한 것은 주군을 향한 충성이다. 천한 농사꾼이 되더니 기사의 명예와 긍지도 잊었는가, 델라트?"

"가련한 백성들을 학대하는 것의 어디에 명예와 긍지가 있단 말이냐!"

분노하며 델라트가 재차 앞으로 돌진했다.

"우리가 원한 세상이 이런 것이었느냔 말이다, 다스발트!"

"그 이름으로 나를 칭하지 마라!"

검을 마주하며 버클리도 앞으로 나섰다.

"내 이름은 버클리 폰 라체스트! 폐하께서 내려주신 영광스런 이름이 이 몸을 지칭한다!"

강렬한 연격이 델라트의 사방으로 날아들었다. 몇 차례나 투기가 허공에서 서로 충돌했다. 방전음이 울리고 또 울렸다.

식은땀을 흘리는 델라트의 안색이 점점 창백해졌다.

'젠장, 더 강해졌군, 이 인간……'

같은 달인급이라지만 델라트는 이제 겨우 초입, 그것도 몇 년이나 실전을 멀리한 몸이었다.

반면 버클리는 이미 달인급의 끝에 다다라 초인급의 벽에 가로막혀 있는 상태다.

고작 몇 차례 검을 마주한 것만으로 기력이 쇠진된 것이다.

결국 델라트가 허점을 드러냈다. 투기검을 튕겨내며 버클리가 오른발로 그의 복부를 강하게 걷어찼다.

"크억!"

강렬한 일격이 투기의 방어력을 부수며 내장을 으스러뜨린다. 피를 토하며 델라트가 뒤로 날려갔다.

다른 소드하이어들이 당황하며 달려 나왔다.

"델라트 대장!"

하이어 프랑크가 버클리의 등을 노렸다. 척살기를 담은 투기검이 허공을 갈랐다.

버클리는 뒤돌아보지 않았다.

상대는 고작해야 투사급, 뒤돌아볼 가치도 없다. 코웃음 치며 망토를 떨쳐내는 것만으로 족하다.

"흥!"

망토가 펄럭이며 프랑크의 공세를 가로막았다. 동시에 살아 있는 생물처럼 꿈틀거리며 프랑크를 후려갈겼다.

"크억!"

뼈 부러지는 소리와 함께 하이어 프랑크가 바닥을 나뒹굴 었다.

달인급 소드하이어는 금속뿐 아니라 모든 무기물에 투기를 불어넣을 수 있다. 평범한 천으로 된 망토라도 강철로 만든 철퇴나 다름없어지는 것이다.

"하이어 프랑크!"

다른 소드하이어들도 일제히 가세했다. 전력으로 투기검을 쏟아내며 버클리의 사방을 노린다.

여전히 버클리는 흔들리지 않았다. 차가운 목소리로 멸시를 흘릴 뿐.

"진정한 사자는 쥐새끼가 몇 마리든 신경 쓰지 않는 법!"

글레이브의 커다란 칼날이 파괴의 춤을 추었다. 연거푸 방전음이 울려 퍼졌다. 마치 지상에 우레가 내리친 것 같았다.

광풍이 불며 덤벼든 소드하이어들이 일제히 나가떨어졌다.

"크으으……."

"저 괴물……."

달인급인 델라트조차도 상대가 되지 않았던 버클리다. 투사급이나 기사급 정도로는 감히 상처조차 입힐 수 없다.

쓰러진 소드하이어들, 한때 자신의 동료였던 이들을 노려보며 버클리가 싸늘하게 뇌까렸다.

"흑사자여! 이 반역자들을 벌하라!"

대기하고 있던 흑사자 기사들이 일제히 검과 방패를 치켜올렸다.

철벽기로 전신을 무장한 채 압도적인 기세로 부상당한 소드하이어들을 밀어붙인다. 곳곳에서 비명이 터져 나왔다.

"크억!"

"으아악!"

피비린내 나는 전장 속을 버클리는 유유히 걸었다. 그 발걸음 끝에 쓰러진 노기사가 있었다.

"어리석군, 델라트 영감."

버클리가 혀를 찼다.

"어째서 천한 아랫것들을 위해 죽음을 자처한 거지? 충성의 맹약조차 저버리면서?"

"허허허……."

연신 피를 토하며 델라트가 헛웃음을 흘렸다.

"그 이유조차 모르면서 기사의 명예와 긍지를 입에 담느냐?"

주름진 노인의 선명한 눈빛이 경멸을 실어 버클리에게 향한다.

"역시 네놈은 기사가 아니다, 다스발트. 예나 지금이나 인간 백정일 뿐이야……."

무뚝뚝한 대꾸가 돌아왔다.

"난 그 이름을 버렸다."

동시에 창날이 델라트의 목을 날렸다.

*   *   *

흑사자 기사와 소드하이어들의 전투는 싱거울 정도로 간단히 끝났다. 처음부터 전력 차가 심해도 너무 심했던 것이다.

마지막으로 살아남았던 소드하이어, 프랑크의 숨통을 끊은 뒤 흑사자 기사 한 명이 버클리에게 다가왔다. 흑사자 기사단의 6대장 중 한 명인 하이어 켈러였다.

"모두 처리했습니다, 단장님."

"모두라고?"

버클리가 황당하다는 듯 되물었다.

"무슨 말을 하는 건가, 자네?"

"예?"

이해하지 못한 켈러가 잠시 의아해했다.

자신들은 분명 텔라트를 따르던 소드하이어들을 모두 죽였다. 지금 주위에 그들의 처참한 시체가 나뒹굴고 있지 않은가?

그때 버클리가 손가락을 들어 시체들 너머를 가리켰다.

"아직 반역자가 저토록 많이 남아 있거늘."

그 손가락은 공포에 질린 군중들, 탈주한 수많은 백성을 가리키고 있었다.

"네? 하, 하지만 단장님, 저들은……."

탈주한 인부의 숫자는 수백에 달한다. 이 자리에서 즉결 처분하기엔 너무도 많은 것이다. 하지만 버클리는 단호했다.

"반역죄는 사형이다. 모두 죽여라!"

상관의 명령은 절대적이다. 흑사자 기사들의 살기가 군중들로 향했다.

그때였다.

"멈춰라, 흑사자 기사단! 더 이상의 학살은 허락하지 않겠다!"

남문 옆으로 난 작은 계단을 통해 두 명의 청년이 내려오고 있었다. 짙은 흑갈색 머리를 허리까지 드리운 미남자와 흑발 흑안을 지닌 곱상한 청년이었다.

고개를 돌리며 버클리가 인상을 썼다.

"아인츠 왕자님……."

그들은 성벽 위쪽에서 상황을 지켜보고 있던 아인츠 왕자와 호위 기사, 션 스테인이었다.

미래의 왕 될 자로서 백성들을 봐둘 필요가 있다며 동행을 요구한 것이다.

션 스테인을 바라보며 버클리는 생각했다.

'켈테론 백작 밑으로 간 자가 어쩌다 아인츠 왕자와 함께 있는지 모르겠단 말이지. 왕자가 호기심에 한번 불러본 건가? 하긴, 저자가 요새 꽤 알려지긴 했지.'

잠깐 의아해했지만 그는 이내 관심을 끊었다. 자신이 거둘 수 없게 된 시점에서 더 이상 신경 쓸 가치가 없는 자일뿐이니까.

다가오며 아인츠가 한 번 더 강조했다.

"더 이상 저들을 해하는 것을 금하겠다. 제1왕위계승권자로서의 명령이다!"

불만인 듯 버클리가 투덜거렸다.

"지휘권은 분명 제가 가지고 있습니다만?"

아인츠 역시 표정이 그리 좋지는 않았다.

따지듯 왕자가 물었다.

"저들을 죄다 죽이면 새 왕궁은 누가 지을 건가? 자네들이 웃통 벗고 덤벼들 건가?"

오만한 태도를 보이며 아인츠가 양손을 펼쳤다.

"죽여도 왕궁은 다 짓고 죽여야 하지 않겠나?"

겉으론 굉장히 잔혹한 말처럼 들린다. 그러나 사실은 탈주를 꿈꾼 이들을 아무런 처벌도 하지 않고 얌전히 공사판으로 되돌리겠다는 소리다.

그 정도도 못 읽을 정도로 버클리가 눈치 없지는 않았다.

하지만 왕자의 명령을 대놓고 거역하는 것도 신하된 입장에서 쉬운 일은 아니었다.

아무리 마음에 들지 않는다 해도 아인츠는 분명 그가 충성을 맹세한 주군의 혈육이다.

"알겠습니다."

버클리가 명령을 바꿨다.

군중들을 이대로 왕궁 공사장으로 돌려보내라는 것이다.

흑사자 기사들이 내심 안도하며 명에 따랐다. 멀리서 대기하고 있던 수도 경비대가 허겁지겁 달려와 일을 도왔다.

"이제 만족하셨습니까?"

비아냥을 숨기지 않은 채 버클리가 말을 던졌다. 그리고 고개를 저으며 아인츠로부터 고개를 돌렸다.

"심약하긴……."

고작해야 하찮은 백성들 따위에 저리 연연하는 이유를 모르겠다. 무릇 왕명을 거역한 자들은 가차 없이 목을 베어야 국왕의 권위가 세워질 것이 아닌가?

물론 그 대가로 잠시 노동력이 부족해지기야 하겠지만, 까짓것 또 징집해 오면 그만이다.

'이런 소심한 놈이 이 나라의 미래의 왕이라니…….'

명백한 불만을 숨기지도 않은 채, 흑사자의 단장은 중얼거렸다.

"어쩌다 호랑이 밑에 강아지가 태어났는지, 원……."

너무도 대놓고 흘린 혼잣말이었다. 일반인인 아인츠의 귀에도 똑똑히 들릴 정도로.

하지만 그는 애써 못 들은 척했다.

지금 왕자가 할 수 있는 것은 그 정도가 전부였다.

*　　　　*　　　　*

흑사자 기사와 수도 경비대에게 내몰려, 공포에 질린 양 떼처럼 군중들이 힘없이 걸음을 옮긴다.

그 모습을 지켜보던 아인츠가 문득 물었다.

"어떤가, 하이어 선? 충분히 보았는가?"

흑발의 청년이 고개를 끄덕였다.

"강한 자더군요."

아인츠 왕자가 군이 이 자리까지 동행한 이유는 단순히 백성들의 목숨을 살리기 위한 것만이 아니었다.

사실 원래 목적은 켈테론의 요청으로 이 흑발의 청년, 선 스테인에게 하이어 버클리의 전투를 보여주는 것이었다.

아인츠는 미심쩍은 눈으로 선 스테인을 바라보았다.

켈테론은 이 청년이야말로 바로 그의 비장의 한 수라 했다.

'과연 이자가 하이어 버클리를 감당할 정도로 강한 소드하이어인가?'

신성처럼 나타난 새로운 강자, 쌍검의 선 스테인에 대해선 왕자도 몇 번 들은 바가 있었다. 줄데란이나 리블이 그에 대해 온갖 찬사를 늘어놓았다는 이야기도 있다.

켈테론 백작 밑으로 간 뒤 그 찬사가 욕설로 바뀌긴 했지만, 그 또한 이자의 실력이 범상치 않다는 증명일 뿐이다.

그렇다 해도 젝센가드를 제외한 왕국 최강자인 하이어 버클리와 비교하면 영 뒤떨어져 보이는 건 어쩔 수 없었다.

'두고 보면 알겠지.'

어차피 아인츠는 아직 켈테론과 손잡을 처지가 아니었다. 이번 일의 결과를 본 뒤 결정해도 늦지 않았다.

사실 그런 의미에선 지금 선 스테인과 함께 있는 모습을 보이는 것도 그리 현명한 일은 아니다. 만약 그가 버클리의 암살에 실패하게 된다면 왕자 역시 의심받을 테니까.

'그렇다고 마냥 몸만 사리다간 어떤 일도 못 하는 법.'

잠깐 대동한 이유 정도야 충분히 둘러댈 수 있으니 별문제는 없었다.

아인츠는 시선을 돌렸다.

멀어지는 군중들, 그들을 짐승 떼처럼 몰아대는 흑사자 기사단을 보며 한숨을 쉬었다.

"버클리 단장이 어쩌다 저렇게 되어버렸는지 모르겠다. 그 역시 한때는 혁명군을 이끄는 영웅이었거늘……."

버클리는 젝센가드의 최측근으로 혁명전쟁 내내 무수한 공훈을 세운 자였다. 그 영웅적인 행위는 십 년이 지난 지금도 여전히 세간에 회자되고 있다.

왕자의 말에 선 스테인, 아니 성시한이 쓴웃음을 지었다.

"그는 전혀 달라지지 않았습니다."

이야기로만 혁명전쟁을 접한 스무 살의 아인츠는 결코 알 수 없겠지.

하지만 성시한은 당시 젝센가드 밑에서 하이어 버클리가 어떤 전투를 행해왔는지 잘 알고 있었다.

"예전에나 지금이나……."

당시 도살자 다스발트라 불리던 그가 얼마나 잔인하고 냉혹하게 적들을 처단해 왔는지 또한.

"여전히 가로막는 모든 것을 썰어버리는 한 자루 칼일 뿐입니다."

제국군이 적일 때는 그 행위가 영웅적이고 정의로워 보였을 것이다.

한 치의 자비조차 없는, 피에 굶주린 칼질도 백성들을 구하려는 흔들림 없는 강철의 의지로 여겨졌을 것이다.

하지만 사실 하이어 버클리는 전혀 달라진 게 없다.

그는 그저 눈앞의 적을 잔혹하게 참살할 뿐이다.

자신이 믿고 따르는 젝센가드가 원하는 대로.

"그것이 그가 아는 유일한 정의일 테니까요."

아인츠가 이상해하며 시한을 바라보았다.

"그대는 마치 예전의 버클리 단장을 잘 아는 것처럼 말하는군? 당시라면 고작해야 십 대 소년이었을 텐데."

왕자의 의문에 시한이 뜨끔해하며 말을 돌렸다.

"아, 물론 들은 이야기입니다. 켈테론 백작님께서 하이어 버클리의 전우이지 않으셨습니까?"

전우라기보다는 한참 밑의 졸병이었지만, 뭐 틀린 말은 아니었다. 그래서 아인츠도 의문을 접었다.

한참 동안 침묵이 흘렀다.

갑자기 아인츠가 뜬금없는 질문을 던졌다.

"그대는 어째서 이번 일에 참가하게 된 건가?"

사실대로 말할 수는 없는 처지다. 하지만 시한은 당황하지 않았다.

"아인츠 왕자님이야말로 진정한 왕에 어울리는 분이라 생각했기 때문입니다."

저런 질문을 할 줄 알고 미리 켈테론이 예상 답안을 준비해 준 덕분이었다.

"흥, 과연 그럴까?"

자조 어린 목소리로 왕자가 뇌까렸다.

"위대한 혁명 영웅, 테라노어에 평화를 가져온 아버님 대신 내가 왕이 된다고 과연 백성들이 인정할까?"

그는 차분하고 세심하며 생각이 깊은 신중한 성격이었다. 하지만 이는 젝센가드에겐 그저 소심하고, 유약하고, 쓸데없이 생각만 많아서 결단력이 없는 걸로만 여겨졌다.

피를 나눈 아버지에게조차 인정받지 못한 아인츠가 자신 없는 태도를 보이는 것은 자연스러운 일이다.

"내가 아버님의 아들인 걸 두고, 호랑이가 개를 낳았다고 수군거리고 있다는 건 알고 있나?"

성시한이 고개를 끄덕였다.

"분명 젝센가드 폐하께선 호랑이 같은 분이시죠."

그리고 피식 웃었다.

"그런 분과 비교 당하면 뭐, 개 취급당하는 것도 어쩔 수 없을지도 모르겠습니다."

아인츠의 인상이 구겨졌다.

아무리 먼저 꺼낸 자학의 말이라지만, 막상 이런 뜨내기 소드하이어에게조차 무시당하니 기분이 좋을 리 없었다.

막 왕자가 분노를 터뜨리려던 찰나…….

"그런데 개가 나쁜 겁니까?"

시한의 질문이 절묘하게 이어졌다.

"개는 인간의 친구입니다. 아낌없는 애정과 충성을 보여주고, 사냥과 목축을 도우며, 밤에는 가족과 생명과 재산을 지켜주지요. 개만큼 인간에게 도움이 되는 동물은 아마 역사상 존재하지 않을 겁니다."

그러더니 과장된 자세로 어깨를 으쓱거린다.

"그런데 호랑이가 대체 인간에게 뭘 해줍니까? 야밤에 나타나 남의 집 귀한 송아지 물고 달아나거나, 행인들 습격해서 누군가의 부모, 친지, 가족을 해치는 것 말고요."

"으음……."

아인츠의 표정이 기묘해졌다. 이게 대체 칭찬인지 욕인지 모르겠다.

"확실히 젝센가드 폐하는 호랑이 같은 왕일지도 모르겠습니다만……."

빙그레 웃으며 시한이 말을 맺었다.

"저라면 호랑이 같은 왕보단 개 같은 왕을 섬기고 싶습니다. 이쪽이 어딜 봐도 훨씬 훌륭한 왕 아닙니까? 뭐, 어감이야 좀 안 좋지만."

아인츠는 실소했다.

"…그게 그런 식으로도 해석될 수 있나?"

여전히 무례한 발언이긴 하다. 그래도 기분이 나아졌다는 점만은 부인할 수 없었다.

"확실히 해두지. 난 아직 그대들과 손을 잡은 것이 아니다. 어디까지나 이번 일의 결과를 보고 판단할 것이다."

진지해진 왕자를 향해 성시한도 진지한 눈빛을 보냈다.

"신중함이야말로 명군의 증명이지요. 부디 앞으로도 그 신중함을 잃지 마시길."

살짝 허리를 굽혀 목례한 뒤 그가 화제를 바꿨다.

"그럼 왕궁으로 돌아가시죠, 왕자님."

이미 탈주했던 군중도, 흑사자 기사단과 수도 경비대도 모두 떠났다. 더 이상 이 장소에 볼일은 없다.

앞장서 걷는 시한의 뒤를 따라 아인츠도 걸음을 옮겼다. 상대의 등을 보며 그는 문득 고개를 갸웃거렸다.

'신기한 자로다.'

엄청나게 시건방진 소릴 해대는데도 이상하게 건방지다는 느낌이 안 든다.

'어째서?'

묘하게 상대에게 믿음이 가기 시작했다. 무심코 왕자는 미소를 지었다.

*   *   *

켈테론 백작가의 별채.

성시한은 의자에 앉아 자신의 검을 어루만지고 있었다.

차갑게 날이 선 칼날 위로 그 못지않게 싸늘한 표정을 짓고 있는 청년의 얼굴이 비친다.

시한은 문득 웃었다.

"하하하……"

처음부터 맹목적인 복수심만을 가지고 있었던 것은 아니다. 그가 과거의 친구들을 떠올리며 느끼는 감정은 그렇게 단순하지만은 않았다.

'복잡한 기분이네……'

분명 배신자들을 용서할 순 없다. 그들은 자신이 저지른 일에 대한 책임을 져야 했다.

하지만 그것은 곧 현재의 평온을 뒤엎어버리겠다는 의미도 된다.

겨우 안정을 찾은 테라노어였다. 간신히 백성들의 삶에 평화가 찾아왔다.

광제 루스타나드를 물리치고 힘겹게 일구어낸 새 세상이었다.

지도자를 잃게 되면 저 안정도 깨질 것이다. 권력의 공백기, 그 혼란 속에서 얼마나 많은 힘없는 백성들이 휘말리게 될지 알 수 없다.

성시한 자신이 목숨 걸고 일궈낸 평화를 스스로 깨부수는 셈이다.

과연 그의 개인적인 감정에 저 모든 것을 감수할 만큼의 가치가 있는 것일까?

그럼에도 시한은 복수를 향한 열망을 멈출 수가 없었다. 그래서 차원을 건너 테라노어로 되돌아왔다.

그리고 보았다.

가혹한 폭정에 신음하는 백성들과 굶주린 늑대처럼 그들을 몰아치는 과거 혁명군의 동료들을.

죽어가는 인부들, 소드하이어들을 보며 당장이라도 뛰쳐나가고 싶은 심정을 애써 억눌렀다.

아마도 십 년 전의 혈기왕성했던 시절이라면 뒷생각 안 하고 검부터 휘둘렀을지도 모르겠다.

늙은 노기사의 외침이 아직도 귀에 선하다.

'우리가 원한 세상이 이런 것이었느냔 말이다!'

과거의 친구는 또 다른 광제가 되어 있었다.

"…고맙구나, 젝센가드."

성시한은 검을 쥐고 자리에서 일어났다. 그리고 역설적인 분노를 흘렸다.

"마음에 한 점 거리낌조차 없게 만들어줘서……."

Chapter 2

도살자 도살하기

신 왕궁 공사장의 반란을 진압한 지 사흘째 되는 밤.

  하이어 버클리는 흑사자 기사단의 6대장 중 넷을 대동한 채 단골 술집으로 향하고 있었다.

  이들이 들어서자 와자지껄하던 술집이 삽시간에 고요해졌다.

  "헉!"

  "흑사자 기사들이다……."

  주위를 둘러보며 버클리가 오만하게 뇌까렸다.

  "신경 쓰지 말고 술이나 계속 마시게들. 우린 그저 술을 마시러 온 것일 뿐이다. 스스로 떳떳하다면 두려워할 이유가 없지 않겠나?"

그리고 재미있다는 듯 껄껄대며 말을 잇는다.

"아, 물론 반역을 꿈꾸는 자가 있다면 두려워해야겠지만 말이지. 하하핫!"

웃기지도 않은 농담에 술을 마시던 이들이 애써 미소를 지었다. 난폭한 흑사자의 비위를 거스르고 싶지 않았으니까.

허겁지겁 술집 주인이 달려 나와 이들을 맞이했다.

"어, 어서 오십시오!"

적당히 창가 자리에 앉아 흑사자 기사들은 음식을 주문했다. 저녁 식사를 겸해 밀빵과 새끼 돼지 통구이를 시킨 뒤 에일을 들이켠다.

"자자, 다들 한 잔씩 하게나!"

"예, 단장님!"

음식은 금방 나왔다. 겁먹은 주인이 최우선으로 이들의 주문부터 처리한 탓이었다.

건장한 사내들이 고기를 쥐어뜯고 으적으적 씹었다. 갑옷 덜그럭거리는 소리가 요란하게 울려 퍼졌다.

평복 차림에 망토를 두르고 시미터 한 자루만을 패용한 버클리와 달리, 대장들은 두꺼운 금속 갑옷에 검과 방패까지 제대로 갖추고 있었다.

이들은 기사단장의 호위 임무도 겸하고 있는 것이다. 기사급 소드하이어의 끝에 다다르긴 했지만 아직 달인급의 벽을 넘지는 못했으니, 갑옷이 없다면 제대로 무장을 갖췄다고 할 수가 없다.

목을 축이고 배를 채우며 흑사자 기사들이 신나게 떠들어 댔다.

"아, 자네들 혹시 공사판 놈들의 소식 들었나?"

"못 들었습니다, 단장님."

"아인츠 왕자가 그들을 위해 새 숙소 건설과 추가 배급을 요청했다더군."

"호오, 어떻게 되었습니까?"

"당연히 반대했지. 죄를 저지른 놈들에게 오히려 상을 주다니? 그런 어처구니없는 일이 어디 있나? 그럼 개나 소나 반란을 일으킬 것이 아닌가?"

"그렇군요. 실로 타당합니다."

"이래서 백성들은 채찍으로 다스려야 하는 것 같습니다. 천한 것들이 멍청하기까지 하니 참 대책이 없군요."

"그러게 말일세."

버클리의 말에 대장들이 열심히 맞장구를 치고 있을 때였다.

갑자기 한 자루 화살이 강렬한 기세를 담아 날아들었다.

휘익!

창문 사이의 좁은 틈을 정확히 빠져나와 곧바로 버클리의 미간을 노린다. 마주 앉아 있던 대장 하나가 사색이 될 때였다.

"헉!"

버클리는 피하지 않았다. 오히려 콧방귀를 뀌며 오히려 날아온 화살 쪽을 돌아보았다.

"홍!"

그리고 대뜸 박치기를 날렸다!

타앙!

금속음과 함께 화살이 허공에서 산산조각 났다. 맨 이마로 금속 화살을 들이받았는데 오히려 화살을 박살 내버리다니? 과연 달인급 소드하이어다운 무위였다.

당황한 대장들이 자리에서 일어났다.

"맙소사! 괜찮으십니까, 단장님?"

"감히 어떤 놈이!"

화살이 날아온 쪽을 바라보며 버클리가 차갑게 웃었다.

"재미있군……."

화살촉에 상당한 투기가 실려 있었다. 게다가 상대는 창문의 좁은 틈새를 통해 정확히 화살을 꽂아 넣었다.

결코 평범한 암살자의 솜씨가 아니다.

그렇다고 버클리의 목숨을 노렸다고 보기도 애매했다. 이 정도 투기를 다룰 수 있는 자라면, 화살 따위로 달인급 소드하이어를 해할 수 없다는 것쯤은 잘 알고 있을 테니까.

이것은 초대장이다.

"어디 어떤 놈인지 얼굴을 볼까?"

버클리가 자리에서 일어났다. 다른 대장들도 잽싸게 뒤를 따랐다.

절도 있는 몸놀림으로 흑사자 기사들은 술집 밖으로 나섰다. 다들 취한 기색은 없었다. 에일은 건장한 사내들을 취하게 하기엔 너무 도수가 낮은 술이다.

거리엔 짙은 밤안개가 끼어 있었다. 수십 미터만 떨어져도 사물의 윤곽이 그림처럼 희뿌연 잔상 속으로 사라져 버린다. 기감을 지닌 소드하이어니까 이 안개 속에서도 화살을 명중시켰지, 일반인이라면 한 치 앞의 사람 얼굴도 제대로 구별하지 못할 것이다.

"과연, 누군가를 죽이기엔 최고의 밤이로군."

남 말하듯 중얼거리며 버클리는 짙은 안개 속을 걸었다.

시야가 제한되어 있었지만 발걸음은 거침이 없었다. 그는 어느 방향으로 향해야 할지 잘 알고 있었다.

저 멀리 흐릿한 안개 너머, 은은한 기세가 노골적으로 자신을 부르고 있었으니까.

사람 없는 밤거리 위에 두 사람이 모습을 드러냈다.

곱상한 인상의 흑발, 흑안의 청년과 갈색 머리칼을 짧게 자른 거구의 기사였다. 둘 다 검을 뽑아 든 채 다가오는 그를 차가운 눈으로 바라보고 있었다.

흘러나오는 살기를 느끼며 버클리는 웃었다. 아는 얼굴이었다.

"션 스테인, 그리고 제논이라 했던가?"

흑발의 청년이 검을 거누며 나직한 목소리로 입을 열었다.

"그대의 목을 거두겠다, 하이어 버클리."

흑사자 대장들이 일제히 검과 방패를 뽑아 들며 철벽기를 끌어올렸다. 단장을 사방에서 호위하며 시한과 제논을 향해 눈을 부라린다.

느긋한 목소리로 버클리가 물었다.

"누구의 사주를 받은 거냐? 아인츠 왕자인가?"

역시나 느긋한 목소리로 시한이 반문했다.

"우리가 누구의 호위 기사인 줄 모르는 것도 아닐 텐데?"

현재 시한과 제논의 공식적인 지위는 켈테론 백작가의 호위 기사다. 상식적이라면 켈테론의 지시를 따르고 있다고 여겨야겠지만…….

"켈테론일 리는 없으니까. 그 소심한 겁쟁이에게 감히 이 몸을 노릴 담력이 있을 리 없지 않나?"

"좋을 대로 생각하시지."

제논이 커다란 양수검을 쥐고 자세를 취했다. 성시한도 쌍검을 뽑아 들어 겨누며 말을 이었다.

"어차피 당신들은 이곳에서 살아나가지 못할 테니까!"

두 사람으로부터 보이지 않는 투기가 흘러나와 주위의 안개를 밀어낸다. 버클리는 히죽 웃었다.

"어린 것들이 패기 하나는 좋구나."

미소는 바로 비웃음으로 바뀌었다.

"머리는 별로 좋은 것 같지 않지만. 대체 무슨 배짱으로 단둘이서 우리들을 전부 감당할 거라 여기는 거지?"

흑사자 대장 중 두 명, 하이어 패로우와 하이어 트리켄이 앞으로 나섰다.

"저희가 처리하지요, 단장님."

"숨통은 붙여놓게. 배후를 추궁해야 하니까."

버클리의 허락이 떨어지자 두 기사가 방패를 앞세워 시한과 제논에게 돌진했다.

"타앗!"

철벽기로 갑옷과 방패를 강화한 채 멧돼지처럼 저돌적으로 달려든다. 시한과 제논도 파산기를 끌어올려 맞섰다.

칼날과 방패가 연달아 충돌하며 새하얀 안개 가득 금속음과 방전음이 어우러졌다.

넷의 전투를 지켜보며 버클리가 이채 띤 눈빛을 보였다.

"두 놈 다 확실히 자신감을 가질 정도 실력은 되는구나!"

제논의 양수검이 하이어 패로우의 방패를 강하게 두들긴다. 충격음과 함께 패로우가 뒤로 두세 걸음 물러선다.

"이놈이?"

분명 투기량으로 보면 자신이 한 수 위인데도 밀려버렸다. 파산기의 거력이 철벽기의 방어력을 상회한 것이다.

"타아앗!"

파산기를 가득 실어 제논이 연신 참격을 날렸다. 검을 휘두를 때마다 투기가 석조 재질의 바닥을 간단히 으깨며 파편을 흩뿌렸다. 파괴력만 보면 흑사자 대장급의 그 누구도 따라가지 못할 수준이었다.

"힘 하난 정말 좋구나!"

공세를 막아내며 패로우가 감탄과 실소를 번갈아 흘렸다.

"하긴, 척 봐도 힘 좋게 생기긴 했다만……."

그도 어디 가서 꿀리지 않는 장신이지만 상대는 그런 패로우보다도 머리 하나는 더 컸다.

투기는 육체를 기반으로 발현되는 힘, 육체 조건이 저 정도로 좋다면 어지간한 투기량 차이쯤은 극복하고도 남는 것이다.

선 스테인을 상대하던 하이어 트리켄 역시 쉽게 승기를 잡지 못하고 있었다. 쌍검을 쥔 채 정신없이 이동하는 흑발의 청년을 보며 혀를 찬다.

"진짜 빠르군!"

하프 플레이트 메일을 챙겨 입은 제논에 비해 선 스테인은 가벼운 가죽 재킷 차림을 하고 있었다. 그가 기사급 소드하이어라는 걸 감안하면 불리한 복장이었다.

투사급이 금속 갑옷을 걸치면 도리어 전력이 약해지듯, 기사급이 갑옷을 착용하지 않아도 제 실력을 제대로 못 내는 법이다. 방어나 회피에서 손해를 보니까.

그런데 상대를 붙잡을 수가 없다. 몇 번이나 허점을 노려 투기검을 찔러 들어가도 미꾸라지처럼 기묘하게 피해버린다.

'젠장, 마치 내 수를 모두 읽고 있는 것 같잖아?'

빠르기도 빠르지만, 치고 빠지는 타이밍이 절묘하기 그지없었다.

마치 수백 번이나 격전을 벌인 베테랑처럼 공격을 거두고 반격해 파고들며 치명적인 일격을 날려댄다. 갑옷과 철벽기가 없었더라면 벌써 전신에 상당한 부상을 입었을 것이다.

시간이 흐른다. 점점 주변을 장악한 투지의 열기가 과열되어 간다.

지켜보던 버클리의 안색이 살짝 굳었다.

"…설마 이 정도일 줄은 예상 못 했군."

패로우와 트리켄도 결코 약한 자들이 아니었다. 둘 다 기사급 경지의 끝에 도달해, 달인급 소드하이어의 벽만을 남긴 이들이다.

그런 둘을 상대로 전혀 밀리지 않고 있다.

심지어 두 놈 다 아직 이십 대의 젊은 나이가 아닌가? 삼십 대 후반인 흑사자 기사대장들을 상대로 저렇게까지 팽팽히 대치하고 있다니?

"생포하려면 좀 더 손이 필요하겠어."

중얼거리며 버클리가 남은 두 기사대장에게도 지시했다.

"자네들도 합세하게."

"알겠습니다, 단장님."

네 명이 동시에 덤벼들자 상황이 변했다.

사방에서 방패를 앞세워 시한과 제논을 압박한다. 굳이 서둘러 공세를 퍼붓지 않는다. 그저 위치를 선점한 채 빠져나갈 틈을 차단하고 단타 위주로 계속 찔러간다.

이리 되니 시한과 제논도 아까처럼 마음껏 검을 휘두를 수 없게 되었다.

휘이익!

파공음과 함께 투기의 칼날이 제논의 옆구리를 노렸다. 뒤늦게 합류한 두 흑사자 기사대장 중 한 명, 하이어 살라드의 일격이었다.

몸을 뒤틀며 제논은 간신히 날아드는 횡베기를 받아쳤다. 그 순간 패로우가 방패째로 그를 밀어붙였다.

"타아앗!"

허겁지겁 제논도 검을 내려쳤다. 아까와 똑같은 힘 대결의 양상이 펼쳐졌다.

하지만 정신이 분산되면 힘도 분산되는 법, 이번엔 제논이 뒤로 밀려버렸다.

콰앙!

투기의 충돌로 인해 저릿한 충격이 양팔을 타고 흘렀다. 신음을 흘리며 제논이 분노해 소리쳤다.

"크윽! 둘을 상대로 넷이서 합공이라니! 기사란 자들이 명예도 모르는가?"

황당해하며 살라드가 반문했다.

"…암살하러 온 놈이 무슨 기사의 명예를 찾고 있는 게냐?"

"아, 그건 그렇네?"

"야, 제논! 네가 설득되면 안 되지?"

기가 막혀 시한이 핀잔을 던졌다. 그러면서도 쌍검을 휘둘러 하이어 트리켄의 어깨와 허벅지를 동시에 노린다.

완벽한 타이밍이었다. 일대일 대결이었다면 트리켄은 어깨나 허벅지, 둘 중 한쪽은 내주어야 했을 것이다.

하지만 뒤늦게 합류한 또 다른 기사대장, 하이어 졸트가 그를 구했다.

"어림없다, 어린놈!"

졸트가 트리켄의 좌측을 방패로 막아내며 시한의 밑에서부터 검을 올려 그었다. 계속 공격을 이어가다간 트리켄은 해치워도 졸트에게 당할 판이었다.

"쳇!"

혀를 차며 시한이 뒤로 물러났다.

흑사자 기사대장들은 평소에서 수없이 손을 맞춰보던 이들이다. 치고 빠지며 서로의 허점을 메워주는 전투에 익숙한 것이다.

시간이 지나며 시한과 제논의 안색이 굳어갔다. 점점 승기가 흑사자 기사들 쪽으로 기울기 시작했다.

지켜보던 버클리가 유쾌한 듯 웃었다.

"하하하! 제법 잘난 척하더니 고작 그 정도였느냐?"

네 명의 흑사자 기사대장은 시종일관 시한과 제논을 몰아붙였다. 그러나 당장이라도 당할 듯하면서도 용케 두 사람 다 쓰러지지 않았다.

흑사자 기사들의 공격에 결정력이 부족한 탓이었다.

검을 휘두르며 하이어 패로우가 불만스러운 듯 뇌까렸다.

"이대로는 시간이 너무 걸리겠군."

철벽기는 투철한 방어력을 자랑하지만 그런 만큼 한 점에 집중되는 파괴력이 약하다. 애초에 완성된 투기술, 젝센가드의 폭렬기에서 방어 부분만 특화시킨 수법이다 보니 공방(攻防)이 균형이 맞질 않는 것이다.

그래서 대부분의 흑사자 기사들은 철벽기와 함께 공격에 특화된 섬멸기 역시 익히고 있다.

"내가 공격을 맡겠소!"

"그럼 저놈은 내가!"

패로우의 말에 살라드와 졸트가 철벽기를 거두고 섬멸기를 끌어올렸다. 전신을 뒤덮은 강철의 투기가 형질이 변화하며 한 자루 날카로운 칼날로 벼려지기 시작했다.

바로 그때였다.

"그럴 줄 알았지!"

갑자기 시한이 회심의 미소를 지으며 반격했다. 뒷걸음치다 말고 허리를 튕기며 용수철처럼 앞으로 쏘아지며 쌍검을 연달아 휘두른다.

무형의 투기가 채찍처럼 늘어나며 살라드와 졸트를 노리고 날아들었다. 하필이면 철벽기를 섬멸기로 바꾸던 그 찰나였다.

두 기사의 눈빛이 흔들렸다.

'헉!'

'이런!?'

철벽기로 방어하기도, 섬멸기로 공격에 나서기도 애매하다!

"졸트!"

"살라드!"

당황하며 패로우와 트리켄이 방패를 들어 동료의 앞을 가로막았다.

콰쾅!

아슬아슬하게 타이밍이 맞았다. 날아든 투기가 방패에 가로막히며 폭음을 터뜨렸다. 덕분에 졸트와 살라드도 무사히 몸을 뺄 수 있었다.

문제는, 패로우와 트리켄이 위치를 이탈한 탓에 시한과 제논 역시 포위망에서 벗어나 버렸다는 점이었다.

땅을 박차며 시한이 뒤로 뛰었다. 동시에 제논을 향해 빠르게 외쳤다.

"오늘은 글렀다! 튀자!"

"넵!"

제논 역시 기다렸다는 듯 뒤로 빠졌다. 간격을 벌리며 두 사람이 안개가 자욱한 거리 저편으로 도주하기 시작했다.

"이놈들이!?"

"쫓아!"

닭 쫓던 개 꼴이 된 흑사자 대장들이 눈을 부라리며 뒤를 쫓았다. 지켜보던 버클리 역시 몸을 날렸다.

거리를 질주하며 버클리가 코웃음을 쳤다.

"흥! 감히 이대로 도망칠 수 있을 것 같으냐?!"

왕도 라텐셸의 안개 낀 거리 위를 흑사자 기사들은 계속 달렸다.

저 멀리, 10m쯤 떨어진 거리 위로 단장을 노린 암살자들의 뒷모습이 보였다. 그들은 뒤도 돌아보지 않은 채 정신없이 도망치고 있었다.

하이어 살라드가 비웃음을 던졌다.

"도망칠 수 있을 것 같으냐?"

하이어 졸트 역시 비슷한 표정을 지었다.

"네놈들이 뭔가 착각하고 있는 모양인데……."

철벽기 때문에 흑사자 기사단은 기본적으로 제자리에 버티고 싸우는 전법을 택하고 있다. 그렇다 보니 세간에 이상한 오해가 생겼는데, 바로 흑사자 기사단은 발이 느릴 것이라는 통념이었다.

물론 질풍기나 광풍기 같은 질주 전용 투기술에 비하면 철벽기가 달리기에 취약한 면이 있는 것은 사실이다. 하지만 그렇다고 전혀 그쪽 용법이 없는 것도 아니다.

심지어 오래 달리는 지구력 쪽은 철벽기 쪽이 더 뛰어나다!

"우리가 동급의 소드하이어와 비교하면 좀 느린 건 사실이지만……."

"한 수 처지는 놈들에게도 뒤떨어질 정도는 아니거든?"

두꺼운 갑옷에 방패까지 들고도 그들은 바람처럼 거리를 질주하고 있었다. 기사급 소드하이어쯤 되면 장비의 무게에 영향을 받을 수준은 넘어서는 것이다.

점점 거리가 좁혀진다. 다급해졌는지 암살을 시도한 두 청년이 골목길로 들어섰다.

복잡한 뒷골목을 이용해 추격을 따돌릴 셈인 듯했다.

패로우는 피식 웃었다.

"오히려 잘됐군."

저 뜨내기들은 자기들 눈에 뒷골목이 복잡해 보이니 남들 눈에도 복잡해 보일 줄 아는 모양인데, 왕도 라텐셀은 흑사자 기사단의 안방이나 다름없는 곳이다. 뒷골목 지리쯤은 빠삭하다.

"흩어져서 포위합시다."

트리켄의 제안에 따라 기사들은 두 일행으로 나뉘었다. 한쪽은 계속 암살자들을 쫓고, 남은 한쪽은 샛길로 빠져 놈들을 앞지르려는 의도였다.

그들의 시도는 성공했다.

막 골목을 빠져나가는 성시한과 제논의 앞을 두 흑사자 기사대장이 가로막았다. 도시 외곽으로 향하는 하천, 그리고 그에 연결된 수로교가 세워진 곳이었다.

"크으......"

신음을 흘리며 두 사람은 주위를 둘러보았다. 그러더니 허겁지겁 수로교 아래, 어두운 터널로 달려갔다.

흑사자 기사들을 이끌고 버클리는 느긋하게 뒤를 따라갔다.

서두르지는 않았다. 서두를 이유가 없었다.

잠시 후, 터널 저편에 도망치던 두 사람이 우두커니 서 있는 것이 보였다. 버클리가 혀를 차며 말했다.

"안 됐구나, 이곳은 몇 년 전부터 막힌 길이다."

그는 이미 이 터널 끝에 길이 없다는 걸 알고 있었던 것이다. 대장들이 포위망을 펼치며 비웃음을 던졌다.

"패기에 비해 생각은 짧군?"

"차라리 건물을 타고 넘었다면 도망칠 일말의 가능성이라도 있었을 텐데."

"설마 도주로조차도 확보해 놓지 않았던 거냐? 멍청하기 짝이 없구나."

독 안의 쥐가 된 시한과 제논을 향해 버클리가 차가운 살기를 흘렸다.

"어린것들아, 흑사자의 수장을 해치려 했다면 좀 더 신중했어야 했다."

그러자 성시한이 빙그레 웃었다.

"우린 충분히 신중했다."

흑사자 기사들은 살짝 당황했다.

성시한도, 제논도 표정에 전혀 긴장감이 없었다. 오히려 이리되길 기대했다는 듯한 얼굴이었다.

"사실 좀 과하게 신중했지? 지금 보니까 굳이 이럴 필요까지도 없었을 것 같은데 말이야."

차분히 말을 이으며 시한이 조용히 중얼거렸다.

"알리타."

터널의 어둠 너머로 한 소녀가 나타났다. 버클리와 흑사자 기사대장들이 황당해하며 그녀를 바라보았다.

아름다운 백금발을 곱게 땋아 올린 저 소녀는 저들과 마찬가지로 켈테론 백작이 거둔 여성 소드하이어였다.

'함정?'

'뭐야? 함정이란 게 고작 투사급 소드하이어 달랑 하나?'

황당과 당황이 공존하던 그 순간.

갑자기 알리타의 전신에서 가공할 기세가 뿜어져 나왔다. 그리고 그것은 투기가 아니었다.

버클리의 안색이 딱딱하게 굳었다.

"마, 마법?"

그것도 상아탑의 최고위층에게서나 볼 법한 엄청난 마력이다!

알리타가 오른손을 내밀어 흑사자 기사들을 겨누었다. 차가운 목소리가 터널 가득 메아리쳤다.

"타오르는 광휘, 아케인 블래스트!"

채 피할 겨를도 없었다.

무지막지한 파괴의 백색 섬광이 흑사자 기사들을 뒤덮었다.

현재의 알리타와 과거의 성시한이 공통으로 지닌 문제는 바로, 마력은 넘쳐 나는데 그걸 다룰 제어력이 없다는 점이다.

"정확히 말하면 너무 마력이 높아서 차근차근 제어력을 키울 기회가 없다는 게 옳지."

그래서 과거의 시한이 선택한 방법은 역순이었다. 밑에서부터 마법을 익히며 올라가는 게 아니라…….

"아예 마력 수준에 맞는 단순무식한 고층 마법부터 익혀 버리면 되지."

다행히 백색 상아탑에는 그런 마법이 있었다.

백색 상아탑의 섬광계 마법은 골치 아프게 룬 어를 이용해 자신의 마력을 외부의 기운과 동조시킬 필요가 없었다.

"순수하게 시전자의 마력으로만 발동하는 방식이니까."

또한 술식도 전혀 복잡하지 않았다.

"난이도로만 치면 1층 기초 마법보다도 쉬워. 그냥 손바닥

내밀고 마력 방출만 하면 되거든? 무(無)속성이니까 속성에 따른 술식도 필요 없고."

심지어 제어력조차도 크게 요구되지 않았다.

"애초에 섬광계 마법을 발동시키는 거나, 마력이 폭주하는 거나 마력 흐름이 거기서 거기거든. 덕분에 마력이 폭주할 염려 따위도 없어."

이 단순무식한 마법에 필요한 것은 오직 하나, 마력량뿐이다. 오로지 마법을 발동시키는 데 필요한 마력과 그 출력으로만 마법의 층수가 결정되는 것이다.

"왜 백색 상아탑에 이런 황당한 마법이 있는지는 모르겠어. 아마 예전에도 우리처럼 쓸데없이 마력만 높은 마기언이 있었나 보지?"

마법의 특성상, 백색 상아탑의 섬광계 주문은 하층이나 고층이나 난이도 차이가 거의 없었다. 그래서 마법에 초짜였던 과거의 성시한도 고층 섬광계 주문부터 익힐 수 있었다.

"단, 제어력이 없으니 오히려 하층 주문은 못 익혔지만."

고층 섬광계 마법은 그냥 있는 마력 다 때려 부으면 되지만 하층으로 내려갈수록 마력을 제어해 일부만을 술식에 부여해야 한다. 마력만 높은 입장에선 차라리 하층 마법이 더 어렵다.

"그래서 처음엔 고층 주문부터 시작했어. 그리고 그 마법에 익숙해지면서 제어력이 생기면 조금씩 층을 낮췄지. 6층, 5층, 4층, 이런 식으로."

그렇게 1층 섬광계 마법까지 내려간 후에는 방대한 마력 중 일부만을 뽑아 쓸 정도의 제어력을 터득하게 된다.

그러면 이후에는 평범한 마기언들처럼 다시 한 층, 한 층 밟고 올라가며 다양한 속성의 정식 마법들을 익힐 수 있는 것이다.

"알리타, 너도 내 방식대로라면 마법을 익힐 수 있을 거야."

고개를 끄덕이며 성시한은 자신의 스펠북을 펼쳤다.

"그럼 백색 상아탑 7층 마법, 아케인 블래스트부터 가르쳐 줄게."

안개가 뻥 뚫리며 거대한 파괴의 흔적이 드러난다.

수로교와 연결된 터널, 그 너머 거리 일부가 완전히 쑥대밭이 되었다. 아케인 블래스트가 명중한 일대는 완전히 날아갔다. 그 단단한 석조 바닥이 모래사장처럼 푹 파여 있고 간접 여파만으로도 근처 건물과 벽 일부도 허물어져 있었다.

성시한과 제논이 칭찬과 감탄을 동시에 건넸다.

"잘했어, 알리타!"

"정말 대단하군!"

알리타가 멍한 표정을 지었다.

"와, 이거 진짜 세네요⋯⋯."

평소엔 시한이 펼쳐 놓은 억제 결계 내에서만 연습했던 터라, 제대로 된 위력을 보는 건 본인도 이번이 처음이었다.

아케인 블래스트 한 방에 흑사자 기사들 전원이 죽어버렸다. 대장급 둘은 아예 시체조차 남기지 못하고 피떡이 되었고, 나머지 둘도 박살이 나 여기저기 뒹굴고 있었다.

하이어 버클리는 그래도 시체는 보존한 듯했다. 전신이 시꺼멓게 그을린 채 수로교 담벼락에 처박힌 비참한 꼴이긴 했지만.

"이 정도 위력일 줄은 몰랐는데⋯⋯."

중얼거리는 그녀를 보며 성시한이 대답했다.

"그야, 있는 마력 전부 때려 부었으니까."

세상 모든 일에는 장단점이 있는 법.

정상적인 아케인 블래스트는 사실 이 정도로 엄청난 위력은 아니다. 술식이 쉽고 발동이 빠른 만큼 섬광계 주문은 동급의 다른 마법보다 파괴력이 약했다.

하지만 지금 알리타는 마력량 못지않게 마력의 출력 수준도 어마어마하게 높다. 거기에 제어력은 전혀 없다.

모든 마력을 모조리 마법으로 변환해 날렸으니 섬광계 주문으로도 이 정도 위력이 나온 것이다.

알리타가 몸을 축 늘어뜨리며 힘겹게 말을 이었다.

"그런데 엄청 피곤해요……"

그저 마법을 한 번 구사했을 뿐인데 서 있기도 힘들었다. 그토록 단련한 몸이 이렇게까지 쉽게 피로해지다니?

시한이 방금 했던 대답을 똑같이 되풀이했다.

"그야, 있는 마력을 전부 때려 부었으니까."

한 방에 전신 마력을 소진해 버렸으니 육체적, 정신적으로 영향이 없을 수 없는 것이다. 그 역시 옛날에 비슷한 상황에 처해봤기에 충분히 이해할 수 있었다.

"다시 마력을 채우기 전까진 마법을 쓰지 못할 거야. 당분간은 하루 벌어 하루 쏘는 신세지, 뭐. 일종의 일용직 마기언?"

"뭐예요, 그 괴상한 표현은?"

눈을 흘기면서도 알리타는 기쁜 기색을 감추지 않았다. 박살 난 흑사자 기사대장들의 시체를 보며 제논이 혀를 내둘렀다.

"하여튼 굉장하군요. 아무리 7층 마법이라지만 이렇게까지 간단히 해치울 수 있을 줄은 몰랐습니다."

"상성이 나쁘다는 이유도 있지."

철벽기는 폭렬기에서 방어 부분만을 특화한 투기다. 제자리에 서서 버티는 건 강하지만 힘을 흘리는 용법에 약하다. 그 부분을 의도적으로 누락해 버렸으니까.

"차라리 공방이 균형 잡힌 투기술을 익혔다면 한두 놈 정도는 살아남았겠지만……."

태풍 앞의 거목은 꺾이지만, 갈대는 휘어질지언정 부러지지 않는 것과 같은 이치였다. 모든 파괴력을 전부 감당하는 수밖에 없는 것이다.

"아무리 달인급 소드하이어라도 철벽기만으로는 살아남을 수가 없겠지."

저 멀리 하이어 버클리의 시체를 보며 시한이 혀를 찰 때였다.

문득 그의 안색이 굳었다.

"어?"

담벼락에 처박혀 있던 버클리로부터 강렬한 기세가 느껴지기 시작했다.

사지를 꿈틀거리며 몸을 일으킨다. 신음을 흘리며 두 눈을 번쩍 뜬다.

"이놈들이 감히……."

으르렁대며 버클리가 다시 제자리에 섰다. 그는 아직 죽지 않았던 것이다.

알리타와 제논이 놀라며 경계했다.

"아직 살아 있어?"

"이런……."

아니, 죽지 않은 정도가 아니라 거의 타격을 입지도 않은 것 같았다. 여기저기 피를 흘리고는 있지만, 사지 모두 멀쩡하고 움직임도 자연스럽다.

박살 난 수하들의 시체를 보더니 버클리가 신음하며 중얼거렸다.

"크윽, 아까운 녀석들을 잃었군……."

허리춤에 찬 시미터를 뽑아 들며 시한 일행을 돌아본다. 그가 짙은 살기를 터뜨렸다.

"이 썩을 놈들! 세상에서 가장 비참하게 죽여주겠다!"

'한 방에 깔끔히 끝내는 건 역시 무리였나?'

혀를 차며 시한은 쌍검을 쥔 채 앞으로 나섰다. 그리고 등 뒤로 말을 건넸다.

"알리타, 너는 이만 물러나. 이미 충분히 도움이 됐다."

"네."

탈진 상태가 된 알리타가 순순히 터널 안쪽으로 몸을 숨긴다. 대신 제논이 시한 옆에 와 섰다.

쓴웃음을 지으며 제논이 말했다.

"결국 두 번째 안으로 가는군요."

"세상일이란 게 참 계획대로 안 돼, 그렇지?"

알리타의 마법으로 적을 몰살시킬 수 없을 가능성도 미리 생각해 두었다. 그래서 두 번째 안으로 제논이 앞장서고 시한이 보조하는 식의 전법도 세워 놓았다.

젝센가드 정도의 소드하이어라면 전투의 흔적만으로도 사용된 투기술을 유추할 가능성이 있다. 제논이 주가 되어야 시한의 흔적이 되도록 남지 않는 것이다.

물론 제대로 붙으면 아무리 시한이 보조해 준다 해도 절대 제논이 버클리의 상대가 될 리 없을 것이다. 하지만 그건 상대가 제대로 본신의 힘을 모두 발휘할 때의 이야기, 버클리가 쥔 시미터를 힐끔거리며 성시한이 비아냥을 던졌다.

"저런, 창술의 대가가 창이 없으니 어쩌지?"

버클리의 진짜 실력은 창술에서 나온다. 익숙한 무기가 없다면 아무리 달인급 소드하이어라도 제 실력을 발휘하기 힘들다.

'그렇다고 술 마시는데 거추장스럽게 글레이브를 들고 갈 리도 없지.'

자신만만하게 성시한과 제논이 버클리의 좌우로 이동하며 검을 겨눴다.

"부탁한다, 제논!"

"맡겨주십시오!"

그런데 버클리가 오히려 웃음을 터뜨렸다.

"하하핫! 그것이 고작 네놈들이 믿는 구석이었냐?"

그리고 걸치고 있던 망토를 끌어내며 차갑게 소리친다.

"멍청한 놈들!"

갑자기 그가 땅에 시미터를 꽂았다. 그리고 망토를 크게 휘둘러 허공에서 돌돌 말았다.

달인급 소드하이어의 투기가 평범한 천에 깃들어 강철처럼 단단해지면서 긴 장봉의 형태로 변했다.

제논의 안색이 변했다.

"어라?"

그 상태로 망토로 만든 봉을 시미터의 자루에 꽂는다. 망토 끝부분이 시미터 자루를 휘감아 굳게 움켜쥔다.

망토를 창대로, 시미터를 창날로 삼아 자신의 글레이브를 재현해낸 것이다.

장창을 쥔 채 버클리가 자세를 취했다. 싸늘한 비웃음이 두 사람에게 향했다.

"무인이 익숙한 병기조차 없이 돌아다닐 거라 생각했나?"

시한의 얼굴이 구겨졌다.

"…이거, 멍청하단 소리 들어도 할 말 없겠군."

달인급 정도 되면 누구나 써먹는, 되게 흔해 빠진 용법인데 미처 생각지 못했다. 예전 테라노어에서 활동했을 때라면 당연히 떠올렸을 일인데……

'아, 진짜 십 년이란 세월이 길긴 길었네.'

심지어 그것이 끝이 아니었다.

아지랑이 같은 투기가 버클리 주위를 감싼다. 강렬한 기세가 파괴의 흔적을 뒤덮는다.

"크크큭, 죽여주마, 애송이들!"

글레이브를 머리 위로 들고 버클리가 요란하게 한 바퀴 돌렸다. 광풍이 불어닥치며 투기가 두 사람의 전신을 바늘처럼 찔러왔다.

기감을 통해 성시한은 이내 상대의 투기 흐름을 파악했다. 그리고 어째서 버클리가 거의 타격을 받지 않았는지도 알아챘다.

'그런 거였나?'

그가 익힌 것은 철벽기가 아니었다.

'결국 저 인간, 젝센가드의 폭렬기를 터득하는 데 성공했네.'

그토록 매달리고 또 매달리더니 십 년 동안 성과를 본 모양이다.

성시한이 심각한 표정으로 말을 건넸다.

"빠져라, 제논."

"네?"

전투태세를 갖추던 제논이 당황해 옆을 돌아보았다. 시한 혼자 싸우는 건 계획에 없었다.

"저자가 검을 들었을 땐 둘이서 덤빌 만했다. 하지만 창을 들면 이야기가 달라져. 더구나 철벽기나 섬멸기가 아니라, 폭려기를 제대로 익혔지."

표정만 심각한 것이 아니었다.

"네 수준으론 방해만 된다."

쥐고 있던 쌍검 중 좌검을 버리고 우검만으로 한 손 검술의 자세를 취한다. 눈속임용 쌍검술 대신 제대로 된 본연의 검술을 쓰기로 작정한 것이다.

진지한 눈빛으로 성시한이 투기를 끌어냈다.

"더 이상 밑천 숨기고 싸울 상황이 아니야."

"으하하하!"

광소를 터뜨리며 버클리가 앞으로 돌진했다. 단숨에 거리를 좁히며 성시한의 정면으로 글레이브를 내려친다. 검을 옆으로 누이며 시한은 상대의 공세를 좌측으로 흘렸다.

거대한 장창의 칼날이 아슬아슬하게 그를 빗맞고 바닥을 때렸다.

콰앙!

폭발이 일어나며 돌 파편이 사방으로 튀었다. 신음을 흘리며 시한이 한 발자국 뒤로 물러섰다.

"으음……."

분명 기세를 흘렸는데도 투기의 간접 여파만으로 자세가 흔들린다. 덕분에 반격할 틈이 없다.

"제법 솜씨는 좋다만!"

연신 글레이브를 휘두르며 버클리가 공격을 이어갔다.

"겁쟁이는 승리를 쟁취할 수 없는 법!"

자욱한 우윳빛 안개 속에서 투기와 투기가 충돌한다. 검풍으로 인해 안개가 밀려 휘몰아친다.

격전을 벌이며 두 사람은 몇 번이나 붙고 떨어지기를 반복했다. 칼날을 교차할 때마다 점점 시한이 뒤로 밀렸다.

아무리 봐도 성시한이 불리한 상황이었다. 지켜보던 알리타가 초조하게 소리쳤다.

"시한!"

알리타가 본명을 외치는 실수를 저질렀음에도 버클리는 전혀 눈치채지 못했다. 한창 흥분해 창질하는 판인데 시한인지, 선인지 알 게 뭐람?

"언제까지 도망칠 수 있을 것 같으냐!"

고함을 터뜨리며 버클리가 삼단 찌르기를 날렸다. 몸을 틀어 피하며 시한도 검을 뺐지만 칼날은 상대의 근처에도 가지 못했다.

버클리가 절묘하게 창을 돌려 공격을 걷어낸 탓이었다.

"흥! 어림없다!"

단순히 뛰어난 창술뿐이라면 어떻게든 파고들겠는데, 글레이브에 깃든 폭렬기가 돌풍을 일으키며 접근을 허용하지 않는다.

철벽기와 달리 폭렬기는 공방이 완성된 투기술이다. 약점이 없는 것이다.

'역시 파산기로는 안 되겠네……'

고유 투기술을 쓸 수밖에 없다. 파천기를 끌어올릴까 하다 시한은 고개를 저었다.

'아니, 지금 상황에는 맞지 않아.'

파천기와 도룡기는 기본적으로 광제의 대형 마물들을 상대하기 위해 만들어진 투기술이었다. 처음부터 파괴력과 사정거리 위주로 발전시키면서, 경지가 높아질 때마다 이런저런 다양한 용법을 추가해 완성시켰다.

즉, 제대로 모든 기량을 발휘하기 위해선 실로 방대한 투기량이 필요한 것이다. 투기량이 모자라다면 인간을 상대로 하는 섬세한 용법은 구사할 수가 없었다.

과거 성시한이야 무술 수준에 비해 투기량이 훨씬 넘쳐흐르는 타입이었으니 전혀 문제가 없었지만 지금은 상황이 정반대다.

경험과 기량은 쌓을 대로 쌓았지만 투기량이 부족하다. 정상적인 테라노어의 소드하이어와 비슷한 처지라고 할 수 있겠다.

'그렇다면 정상적인 테라노어의 투기술이 어울리겠지.'

성시한에겐 그런 식의 고유 투기술도 있었다.

파천기와 도룡기가 거대 마물 퇴치 전용이라면, 이는 전적으로 사람 잡는 데만 특화된 투기술!

"후우……"

검을 겨눈 채 심호흡하며 투기의 질을 변화시킨다. 뭔가를 느꼈는지 버클리가 경계하며 뒤로 물러섰다.

"뭐지?"

순간, 모든 것을 압박하는 강렬한 기세가 성시한의 전신을 휘감았다. 짙은 아지랑이가 사방으로 퍼져 나갔다.

패왕기(覇王氣).

과거 3대 무신급 소드하이어로 추앙받던 용병왕 바락, 그에게서 전수한 테라노어 최강의 대인전용 투기술이 발동되었다.

버클리는 경악해 눈을 크게 떴다.

"말도 안 돼! 저 나이에 달인급 소드하이어라고?!"

"타앗!"

기합을 터뜨리며 버클리가 글레이브를 좌우로 휘둘렀다. 검을 가볍게 쥐며 성시한이 좌우로 원을 그렸다. 아까도 행했던 공격을 흘리는 용법이었다.

폭발과 함께 강렬한 투기 폭풍이 시한을 덮친다. 역시나 아까와 같은 상황이다.

그러나 시한의 대응이 달랐다.

"훗!"

조소와 함께 투기 폭풍 사이를 헤집고 빠져나온다. 싸늘한 칼날이 투기를 실어 맹렬하게 찔러온다.

버클리는 창을 휘둘러 공격을 막았다. 그리고 당황하며 신음을 흘렸다.

"윽! 어떻게?"

설사 피한다 하더라도 투기에 휘말려 자세가 무너져야 정상이었다. 그런데 전혀 영향을 받은 것 같지가 않다.

"운이 좋았구나!"

운으로 치부하며 버클리가 공격을 이어갔다. 패도적인 기세로 글레이브를 휘두르고 또 휘두른다.

하지만 시한은 그 모든 공격을 아슬아슬하게 피하고 있었다. 그뿐 아니라 회피와 동시에 거리를 좁히며 창대의 간격 안으로 들어가 반격을 날린다.

버클리의 어깨를 베어가며 시한이 차갑게 비웃었다.

"정말 운이라고 생각하나?"

파산기와 달리 패왕기에는 기세로 기세를 흘리는 용법도 있는 것이다. 충분히 상대의 투기 사이로 파고들 수 있다.

그뿐이 아니다.

이왕 패왕기까지 드러낸 마당이다. 더 이상 굳이 투기량을 아껴가며 싸울 필요가 없다.

"하아앗!"

검을 휘두르며 시한은 투기를 끌어올렸다. 점점 그의 기세가 높아져갔다.

버클리의 안색이 창백해졌다.

'저 나이에 달인급인 것도 모자라서 투기량도 나와 별 차이가 나질 않아?'

이해할 수가 없었다.

고작 20대 후반인데 달인급 소드하이어에, 투기량도 엄청나고, 심지어 경험과 기술 숙련도도 높다고?

'전혀 말이 안 되잖아!'

아무리 천재라도 투기량과 경험만큼은 시간의 힘을 빌릴 수밖에 없는 것이다.

전황이 뒤바뀌었다. 이젠 버클리가 정신없이 물러서는 신세가 되었다.

숨을 헐떡이다 말고 그가 문득 눈을 크게 떴다.

"설마 이 투기술은?"

몇 번이나 충돌하고 나니 상대의 투기술이 무엇인지 감이 잡혔다.

"…패왕기?"

짙은 경악의 감정이 버클리의 안면을 뒤덮었다.

'아, 결국 들켰네.'

파천기와 도룡기, 패왕기와 혼천기는 테라노어 전역에 명성이 자자한 이계구원자의 4대 고유 투기술이다.

올 것이 왔다는 표정으로 시한이 조용히 물었다.

"이제 내가 누군지 알았겠지?"

"크윽……"

신음하며 버클리가 이를 갈았다.

"그 나이에 이런 기량이라니… 당연히 알아챘어야 하는데……"

"뭐, 그런 이야기지."

성시한이 싸늘하게 웃을 때였다.

갑자기 버클리가 버럭 소리를 질렀다.

"네놈! 용병왕 바락의 후계자로구나!"

"…엥?"

용병왕 바락의 후계자? 돌아온 이계구원자가 아니고?

잠깐 당황했지만 시한은 이내 납득했다.

'생각해 보니 그러네?'

패왕기가 이계구원자의 고유 투기술로 명성이 높긴 한데, 동시에 용병왕 바락의 고유 투기술이기도 했다. 심지어 사실은 바락 쪽이 원조다.

상식이 있는 사람이라면 지구로 돌아간 이계구원자보다는

용병왕 바락과 연관시키는 게 정상인 것이다.

'뭐야? 그럼 패왕기는 마음껏 써도 되는 거였잖아?'

약화된 현재의 성시한조차도 일반적인 이십 대 후반의 소드하이어와 비교하면 말도 안 되는 수준이다. 그래서 그는 이제껏 고유 투기술뿐 아니라 자신의 경지도 되도록 숨기고 있었다.

하지만 용병왕 바락의 후계자라면 이야기가 달라진다.

저 나이에 저 정도 경지에 올랐다 해도 별로 어색할 것이 없다. 혼자서 지룡을 처치한 것도 무려 무신급 소드하이어가 키웠다고 하면 충분히 납득할 수 있다.

물론 바락 본인의 귀에 이 사실이 들어가면 추후 곤란해질 수도 있겠지만……

'그 영감님이 아직까지 살아 계시기나 할까? 십 년 전에 벌써 나이가 80이 넘었었는데.'

버클리는 의도치 않게 훌륭한 위장 신분을 성시한에게 준 셈인 것이다.

시한이 헛웃음을 흘리며 버클리를 바라보았다.

"이봐."

"뭐냐?"

"고마워."

뭐가 고맙다는 거야? 자기 사부를 알아줘서? 실로 뜬금없는 소리다.

"무슨 헛소리냐?"

성시한의 말을 조롱으로 여긴 버클리의 표정이 붉으락푸르락해졌다. 글레이브를 고쳐 쥐며 그가 재차 덤벼왔다.

"용병왕의 후계자라고 내가 두려워할 것 같으냐!?"

마주 몸을 날리며 시한이 고소를 지었다.

'쌍검의 션 스테인에 이어서 용병왕의 후계자인가? 내 위장 신분도 인생 역정이 파란만장하구만.'

둘은 몇 번이나 허공에서 격돌하고 또 부딪혔다. 투기와 투기가 연달아 충돌하며 뇌성을 울렸다.

시간이 지날수록 패색이 짙어지는 것은 버클리 쪽이었다.

폭렬기가 깃든 글레이브는 패왕기를 두른 성시한의 옷깃 하나 스치지 못했다. 태풍처럼 매서운 기세로 몰아쳐도 한 줄기 억새처럼 휘어지며 모든 공격을 자연스레 피해 버린다.

반면 시한의 투기검은 착실히 버클리를 압박해가고 있었다.

투기의 칼날이 투기가 깃든 옷자락을 베어가며 전격을 피운다. 점점 버클리의 전신이 붉게 물들어간다

흥분한 버클리의 얼굴이 시뻘게졌다.

"이, 이놈이!"

수십 년을 수행 외길로 달려온 그가 고작 이십 대의 어린 청년에게 완전히 농락당하고 있었다. 육신의 상처도 상처지만, 정신적 상처가 더 크다.

'어떻게 내 움직임을 모조리 읽는 거지?'

당황한 버클리를 보며 시한이 속으로 빙그레 웃었다.

'이건 뭐, 완전히 젝센가드 마이너 버전이군.'

차라리 도살자 다스발트였던 시절이라면 지금의 시한 수준에서 이렇게까지 쉽게 농락하진 못했을 것이다.

하지만 버클리는 지난 십 년간 존경하는 젝센가드와 닮기 위해 피땀을 흘려 노력했고, 결국 그가 원하는 이상적인 무인의 모습에 도달했다.

그 이상적인 무인이야말로, 시한 입장에선 눈 감고도 예측할 수 있는 뻔하디뻔한 스타일인 것이다.

'잘됐는데? 예행연습으로 딱이야.'

시한이 더더욱 매섭게 몰아쳤다. 버클리의 전신에서 혈화가 피었다. 피를 흘리며 그는 이를 악물었다.

인정하고 싶지 않지만 눈앞의 이 어린 청년은 결코 자신보다 하수가 아니었다.

전력을 다하지 않으면 생사를 장담할 수 없다!

"타아앗!"

모든 힘을 끌어내며 버클리가 몸을 날렸다.

글레이브를 머리 위로 치켜든 뒤 모든 투기를 칼날로 모은다. 보이지 않는 기류가 광풍이 되어 밀어닥친다.

그 상태로 그는 가장 자신 있어 하는 비장의 일격을 날렸다.

"폭렬기, 파쇄(破碎)!"

거대한 투기의 응집체가 유성처럼 시한의 머리 위를 내리꽂는다. 차분한 얼굴로 시한이 검을 길게 늘어뜨렸다.

들끓던 그의 전신 투기가 하나의 흐름을 타고 거세게 흐르기 시작했다.

"패왕기, 격류(激流)."

투기의 흐름이 순식간에 소용돌이가 되어 휘몰아친다. 한 줄기 유성이 거대한 회오리에 휘감긴다. 내려찍는 기세를 모조리 집어삼키며 더더욱 거칠게 이빨을 드러낸다.

허공에 깔끔한 검광의 궤도가 그려졌다. 그 빛의 궤적 위에 글레이브를 굳건히 잡은 버클리의 오른팔이 있었다.

파직!

방전음과 함께 오른팔이 그대로 잘려 나갔다. 귀를 찢는 고통의 외침이 안개 너머로 울려 퍼졌다.

"크아아아!"

잘린 팔뚝이 허공으로 날아오른다. 커다란 글레이브를 굳건히 잡은, 잘 단련된 무인의 오른팔이다.

글레이브가 바닥에 박혔다. 동시에 망토로 이루어진 창대가 힘을 잃고 원래의 천으로 돌아갔다.

챙그랑.

창날의 역할을 하던 시미터가 바닥에 나뒹굴었다. 그 옆에 피투성이가 된, 잘린 오른팔도 나뒹굴었다.

"으, 으으……"

신음을 흘리며 버클리는 그 모든 광경을 지켜보았다.

눈앞의 현실을 믿을 수가 없었다. 그토록 신뢰하던, 그토록 단련한 강철 같은 자신의 일부가 비참하게 잘려나갔다?

"이럴 리가… 내가 저런 애송이 따위에게……"

끔찍한 절단의 고통보다도 자신의 패배가 더욱 뼈아프게 다가온다. 숨을 헐떡이며 버클리는 시한을 바라보았다.

아무리 보아도 이십 대 청년에 불과했다. 그보다 무려 열 몇 살 가까이 어린 애송이였다.

"내가 죽인 사람 수가 저놈이 먹은 빵 개수보다 많을 것이거늘……"

버클리의 혼잣말에 시한이 실소를 흘렸다.

"뭐, 그럴지도 모르겠군."

확실히 성시한과 버클리의 '살인' 경험을 비교하면 버클리가 위일 것이다. 그는 가로막는 모든 이들을 가차 없이 죽여왔다. 괜히 도살자란 소릴 들은 게 아니다.

게다가 시한은 테라노어 오기 전엔 밥 먹고 살았지, 빵 먹고 안 살았다. 테라노어에서 3년간 먹은 빵 개수만 치면 정말로 적을지도 모르지.

"하지만 말이야……."

버클리에게 다가가며 성시한이 조용히 말을 이었다.

"내가 죽인 마물 숫자가, 네놈이 먹은 빵 개수보다는 많을 걸, 다스발트?"

"뭐라고?"

놀란 눈으로 버클리는 눈앞의 흑발 청년을 바라보았다.

왠지 상대의 발언이 심상치 않았다. 이해할 수 없는 말임에도 불구하고 묘하게 가슴 한구석이 철렁 내려앉는 것 같다.

그때였다.

스르륵.

갑자기 눈앞의 얼굴이 변했다. 버클리도 잘 아는 투기술이었다.

"…천변기? 씨프 퀸의 고유 투기술인?"

투덜거리며 시한이 혀를 찼다.

"이거 원래 내 기술이거든? 왜 다들 레비나를 먼저 떠올리지?"

하지만 당장 패왕기도 용병왕 바락이 원조지만 십 년 전에는 누구나 이계구원자부터 먼저 떠올렸었다. 사실 남 말 할 처지는 아니다.

원래 얼굴을 드러내며 성시한은 하이어 버클리, 과거의 도살자 다스발트를 똑바로 쳐다보았다.

"적어도 한때는 함께 싸웠던 전우다. 누구에게 죽는지 정도는 알려줘야겠지."

버클리의 표정이 멍해졌다.

그 얼굴엔 적의도, 반가움도, 경외도, 그 어떤 것도 없었다. 그저 순수한 당혹과 놀라움 뿐.

"…성시한 돌격대장님?"

"진짜 오랜만에 듣는 호칭이네, 그거."

시한이 검을 치켜들었다. 피 흘리는 버클리를 향해 겨누며 나직하게 중얼거린다.

"우리가 만들려던 세상은 이런 게 아니었다, 다스발트."

그제야 버클리에게 공포라는 감정이 떠올랐다. 그가 정신없이 뒷걸음질 치기 시작했다.

"저, 전 그저 젝세가드의 명을 받았을 뿐인……."

코웃음을 치며 시한이 한 걸음 앞으로 나섰다.

"이봐, 하고 싶은 대로 다 해놓고 이제 와서 젝센가드에게 미루는 건 사내답지 않잖아?"

"그, 그게 아니라……."

버클리의 말은 채 이어지지 않았다. 그 순간 시한의 투기검이 그의 머리를 그대로 날린 것이다.

파아앗!

사방에 붉은 피가 흩뿌려졌다. 목 잘린 버클리의 시체가 그대로 쓰러졌다.

그 광경을 지켜보며 성시한은 씁쓸하게 웃었다.

"나도 웃긴 놈이지. 개인적인 복수를 하러 온 주제에 뭐 잘났다고 대의를 논해?"

그리고 투기를 발출해 칼날의 피를 털어내며 혼잣말을 이었다.

"하지만 내가 못났다고 해서 네가 잘난 놈이 되는 건 아니지."

Chapter 3

진격의 간신

왕도 라텐셀은 충격에 빠졌다.

　위명 높은 흑사자 기사단장, 하이어 버클리가 하룻밤 만에 비참한 시체가 되어 저잣거리에서 발견된 것이다. 그뿐 아니라 흑사자 기사단의 육대장 중 무려 네 명이 비명에 가버렸다!

　소식을 접한 젝센가드는 분노해 날뛰었다.

　"당장 범인을 잡아라! 내 손으로 그놈을 찢어 죽이겠다!"

　같은 시각, 아인츠 왕자는 자신의 집무실에서 켈테론과 만나고 있었다.

　"만족하셨습니까, 아인츠 왕자님?"

"매우 흡족하군."

켈테론을 바라보며 아인츠는 진심으로 웃었다.

"이 상황이라면 우리를 따를 이들이 적지 않을 터."

"왕자님께서 앞장서 주신다면 충분히 뜻을 도모할 수 있을 것입니다."

비굴하게 웃으며 켈테론도 맞장구쳤다. 그래서 왕자는 감탄했다.

"자넨 어쩜 옳은 일을 하면서도 그렇게 비굴하게 웃을 수 있는 건가?"

"사람 표정이라는 게 하루아침에 바뀌질 않아서 말입죠, 헤헤."

어색해하며 켈테론은 서류를 건넸다. 성시한에게도 보여주었던 '쿠데타 관련 예상 명부'였다.

명부를 받아 들며 아인츠가 고개를 끄덕였다.

"좋아, 그럼 이들을 만나보도록 하지."

＊　　　＊　　　＊

흑사자 기사단장의 장례는 국장으로 치러졌다.

사흘간의 애도 기간이 주어지고, 하이어 버클리의 시신은 젝센가드 왕실 묘지에 고이 안장되었다.

수장을 잃은 흑사자 기사단은 뜨거운 눈물을 흘렸다.

"크윽! 대체 어떤 놈이!"

"반드시 복수하겠습니다, 단장님!"

반면 왕도 라텐셀의 시민들은 차가운 조소만을 보냈다.

"꼴좋다, 도살자가 도살당했구만?"

"뒈질 놈이 뒈진 거지, 퉤!"

왕도 전역에 흉흉한 분위기가 감돌았다. 그런 가운데 흑사자 기사단이 새롭게 재편되었다.

죽은 버클리를 대신할 새로운 기사단장을 뽑아야 했다. 육대장의 빈자리도 한시 바삐 채울 필요가 있었다.

기존의 육대장 중 살아남은 이들이 젝센가드에게 불려갔다.

"하이어 켈러, 그대를 흑사자의 수장으로 임명하노니 왕국을 위해 그 목숨을 다하라!"

"이 검과 명예를 걸고 맹세하겠습니다!"

육대장의 일원이던 하이어 켈러가 새로운 기사단장이 되었다. 마찬가지로 육대장의 생존자인 하이어 드로트도 새 직위를 받았다.

"하이어 드로트, 그대를 흑사자 기사단의 부단장으로 임명한다!"

"황공하옵니다, 젝센가드 폐하!"

흑사자 기사단에는 원래 부단장이란 직위가 없었다.

하지만 압도적 강자였던 하이어 버클리와 달리 켈러와 드로트는 서로 기량 차가 그리 크지 않다. 누구는 단장으로 올리고 누구는 그냥 대장 자리에 머무르게 할 수가 없는 것이다.

누가 누락되든 신임 육대장과 비교하면 격이 다를 테니, 형평성에도 문제가 생긴다.

덕분에 기존의 육대장 자리가 모두 비었다.

젝센가드는 흑사자 기사단원 중 노련하고 경험 많은 이들을 골라 새로운 육대장으로 뽑았다.

그중엔 성시한 일행과 베르셀트의 사교단 토벌을 함께했던 하이어 줄데란과 하이어 리블도 끼어 있었다.

＊　　　＊　　　＊

켈테론 백작은 줄데란과 리블을 자신의 저택으로 초대했다. 사교단 토벌을 함께한 인연이 있는 두 사람이 크게 출세했으니 축하 겸 만찬을 함께하고 싶다는 것이다.

초대장을 받아 든 줄데란과 리블은 황당해했다.

"그 작자가 우릴 축하해 준다고? 별일을 다 보겠군."

"그러게 말입니다, 하이어 줄데란."

솔직히 켈테론은 두 사람에게 있어 별로 기분 좋은 인연이 아니다. 하지만 어쨌든 상대는 젝센가드 왕국 유수의 권세가다. 그런 이가 먼저 손을 내미는데 거절할 이유도 없다.

두 사람은 기쁘게 초대에 응해 켈테론의 저택으로 향했다, 그리고 크게 분노했다.

"진심인가, 켈테론 공?"

"어찌 그런 불충을!"

백작가의 연회실, 화려한 만찬이 차려진 테이블을 사이에 두고 줄데란과 리블이 눈을 부라렸다.

켈테론이 비릿하게 웃으며 대꾸했다.

"물론 진심이오. 두 분 다 대의에 동참해 주길 바라는 바요."

두 사람을 앞에 둔 채 그는 대놓고 말했다.

젝센가드는 더 이상 국왕의 자격이 없다고. 이 나라에는 새로운 왕이 필요하다고.

"이 나라와 백성들의 미래를 위해서, 진정한 국왕을 모시는 것이야말로 기사가 행해야 할 명예로운 일이 아니겠소?"

그러면서 은근슬쩍 협박을 덧붙인다.

"아, 물론 이대로 젝센가드에게 가서 모든 것을 고해도 되겠지만……. 글쎄, 젝센가드가 당신들을 믿을지 모르겠구려? 이번에 지룡을 잡고 두 분이 청의 상아탑에서 챙긴 뒷돈이 아마 금화 300닢씩이셨던가?"

줄데란과 리블의 안색이 창백해졌다.

확실히 그들은 젝센가드를 속인 대가로 상당한 뒷돈을 받은 바가 있었다. 하지만 그것이 국왕을 배신하고 반역을 꿈꿨다는 의미는 결코 아니다.

그냥 남들 다 하는 대로, 뇌물 받을 만한 기회가 있으니 아무 생각 없이 챙긴 것뿐인데!

흥분한 줄데란이 소리쳤다.

"지, 지금 우리를 협박하는 거요?"

검을 뽑아 겨누며 리블도 호통을 쳤다.

"당장 베어버리겠다! 이 노옴!"

장검의 칼날을 따라 예리한 투기검이 모습을 드러냈다. 이제 가볍게 리블이 손목을 까닥거리기만 해도 목이 잘려 나가리라.

하지만 상대는 태연했다. 전혀 긴장한 기색이 없었다.

줄데란은 당황했다.

'뭐지?'

그가 아는 켈테론은 목에 칼날을 들이미는데도 저리 태연할 정도로 대범한 자가 아니었다.

"잠깐만 기다려 보게, 하이어 리블……."

"기다리긴 뭘 기다린단 말입니까!"

흥분한 리블이 그대로 검을 찔러 넣을 때였다.

타앙!

한 줄기 투기가 날아와 그의 칼을 쳐냈다. 장검이 허공으로 날아오르며 리블이 신음을 흘렸다.

"크윽!"

손에서 피가 흐르고 있었다. 얼마나 강렬한 충격이었는지, 검을 튕긴 힘만으로 기사급 소드하이어의 손아귀가 찢어진 것이다.

"뭐냐!"

당황하며 리블과 줄데란이 투기가 날아든 쪽을 바라보았다. 그리고 더욱 당황했다.

어느새 연회실 한쪽 구석에 흑발의 청년이 서 있었다.

'어떻게?'

'분명 조금 전까지 아무도 없었는데?'

심지어 모르는 얼굴도 아니었다. 줄데란이 긴장하며 말했다.

"하이어 선?"

잠형기를 풀고 모습을 드러낸 성시한이 힐끔 흑사자 기사 쪽을 보더니 혀를 찼다.

"청의 상아탑도 너무하네. 저쪽은 금화 300닢씩이나 주고, 난 고작 열 닢 줬던 거야?"

그제야 리블도 자신의 검을 쳐낸 것이 저 흑발의 청년임을 깨달았다.

자존심 탓일까? 상대가 자신보다 윗줄의 소드하이어라는 사실을 순간 잊고 리블이 흥분해 소리쳤다.

"일개 백작가의 호위 기사 주제에 감히 흑사자에게 검을 들이대느냐?"

시한은 고개를 절레절레 저었다.

"거참, 귀족들은 왜 저리 '감히'라는 단어를 좋아하지?"

동시에 전신에서 폭풍 같은 기세가 뿜어져 나왔다. 가공할 기운이 연회실을 장악하며 주변 경관을 일그러뜨리기 시작했다.

"자자, 다들 진정하시죠?"

시한의 비웃음에 막 덤벼들려던 리블의 움직임이 딱 멎었다.

엄청난 압박감이 어깨를 짓누르고 있었다. 그들의 단장이었던 하이어 버클리조차 능가하는 기운이었다. 감히 대항할 의지조차 생기지 않았다.

어지러워지는 시야 속에서 두 흑사자 기사는 전율을 느꼈다.

저 광경이 의미하는 것은 너무도 명쾌했다.

"이럴 수가!"

"달인급 소드하이어?"

리블이 부들부들 떨며 외쳤다.

"네, 네놈이로구나! 단장님을 죽인 자가!"

문득 성시한이 눈을 치켜떴다.

"…네놈?"

움찔하며 리블이 입을 다물었다. 대신 줄데란이 조심스럽게 물었다.

"정말 그대가 하이어 버클리를 죽인 거요?"

네놈이라더니 그새 호칭이 바뀌었다. 하긴, 놈이라는 단어는 자신을 간단히 죽일 수 있는 고수에게 함부로 쓸 수 있는 호칭이 아니지.

"의외로 기회주의적이네? 인상은 안 그래 보였는데."

실소하는 시한을 향해 켈테론이 웃으며 말을 건넸다.

"좋지 않은가, 하이어 션? 사람이란 모름지기 저렇게 상황 따라 갈대처럼 흔들려 줘야 인간미가 있는 법이라네."

하기야, 몰래 뒷돈 받고 지룡을 잡겠다고 국왕까지 속인 작자들이 독야청청 푸른 절개를 지녔을 리가 없겠지. 하지만 그렇다고 저걸 인간미 넘친다고 할 수도 없잖아?

켈테론을 노려보며 시한이 인상을 썼다.

"인간미의 사전적 정의를 훼손하지 마시죠?"

"아, 뭐 그냥 농담이지, 농담. 하하."

사람들 앞이라 켈테론은 성시한에게 하대를 하고 있었다. 하지만 말만 하대지, 누가 봐도 상대의 눈치를 보는 티가 역력하다.

'천하의 켈테론 백작조차 함부로 대할 수 없는 청년이라니?'

줄데란이 혼란스러운 얼굴로 물었다.

"자네는 도대체 누구인가?"

그러자 성시한이 조롱하듯 입을 열었다.

"다들 안목이 어느 정도인지 궁금하군요."

가볍게 허공에 손을 휘젓는다. 투기의 바람이 휘몰아치며 줄데란과 리블을 휘감아간다.

휘이익!

공격이라 할 정도로 강한 투기가 아니어서 둘 다 쓰러지거나 부상을 입거나 하진 않았다. 하지만 두 기사의 표정이 마치 칼이라도 맞은 것처럼 창백해졌다.

"이건 설마……."

"패왕기?"

못 알아볼 수가 없었다. 지금 상대는 노골적으로 특유의 투기술 흐름을 드러내고 있는 것이다.

켈테론이 고개를 끄덕였다.

"그렇소, 이 청년은 용병왕 바락의 후계자라오."

*　　　　*　　　　*

버클리를 해치운 뒤 성시한은 신바람을 내며 켈테론을 찾았다.

"켈테론! 좋은 방법이 생겼다! 누군가 내 정체에 대해 궁금해하면 용병왕 바락의 후계자라고 하면 돼!"

이걸로 나이에 걸맞지 않은 높은 경지도 대충 해명이 된다.

또한 이계구원자라는 정체를 감추면서도 익숙한 고유 투기술을 쓸 수 있게 되었다.

이 얼마나 훌륭한 아이디어인가!

시한은 자랑스러워했고, 켈테론은 당황한 얼굴로 굽실거렸다.

"아, 네. 후, 훌륭한 아이디어입니다."

"왜 그래? 이거 문제 있어?"

어쩐 반응이 기대한 것과 달라 시한이 의아해했다. 켈테론이 손을 내저었다.

"아뇨, 그런 건 아니고……."

눈치를 보며 슬쩍 서랍에서 종이 뭉치 하나를 꺼낸다.

"여기 제가 준비한 것입니다만."

"……?"

뭔가 싶어 들여다보니 '용병왕 바락의 후계자, 션 스테인의 각종 인적 사항 및 신상명세서'였다.

"이미 준비 끝나 있었냐?!"

"당연히 그렇게 활동하실 줄 알고 미리 마련해 놓았는뎁쇼?"

어이없다는 얼굴로 켈테론이 시한을 응시했다. 설마 이 당연한 걸 이제야 떠올렸냐는 듯한 눈빛이었다.

성시한의 얼굴이 살짝 붉어졌다.

'쳇, 기막힌 발상이라고 생각했는데…….'

역시 세상 모든 일에는 전문가가 있다. 속임수, 사기, 위장

신분 만들기, 잔머리 등은 시한보다 켈테론이 훨씬 더 전문가인 것이다.

머쓱해하며 성시한은 계속 서류를 살폈다. 처음엔 딴청 피우려고 한 짓인데, 보다 보니 절로 감탄이 나왔다.

"와, 엄청 세심하게 조작해 놨네?"

서류에는 션 스테인이 어디서 태어나고 어떻게 용병왕 바락을 만났으며, 어떻게 투기술을 전수하고 세상에 다시 나왔는지가 빼곡하게 적혀 있었다.

어찌나 앞뒤 딱딱 맞춰놨는지 시한 본인조차도 '어라? 사실은 션 스테인이라는 용병왕의 후계자가 원래 있었나?'라는 착각이 들 지경이다.

시한이 만족스러워하자 켈테론의 긴장도 풀렸다.

그가 자랑스러운 듯 말했다.

"이 정도면 용병왕 바락이 직접 나타나서 자기 제자 아니라고 우겨도 아무도 안 믿을 겁니다."

분명 훌륭한 솜씨에, 훌륭한 눈치였다. 시한이 원하는 것은 물론이고 미처 모르고 있던 부분까지도 알아서 채워놓은 것이다.

"왜 젝센가드가 자네를 중용했는지 알겠군."

손바닥을 비비며 켈테론이 음충맞게 웃었다.

"헤헤, 제가 좀 쓸모 있는 편이지요."

　　　　＊　　　　　＊　　　　　＊

"어쩐지……."

"용병왕의 후계자였나."

줄데란과 리블이 어깨를 축 늘어뜨렸다. 하이어 버클리조차도 능가하는 달인급 소드하이어 앞에서 투지를 유지할 정도로 그들은 무모하지 못했다.

하지만 그렇다고 켈테론의 말을 따를 수도 없었다.

"불충을 저지를 순 없소."

줄데란이 기운 없는 목소리로 중얼거렸다.

그는 분명 고지식하고 청렴한 기사는 아니었지만, 그렇다고 기사의 명예와 충성조차 저버릴 정도로 쓰레기도 아니었다.

"좋을 대로 하시오, 켈테론 공. 하지만 난 기사의 의무까지 저버리진 않을 것이오."

"누가 불충을 저지르라 했소?"

켈테론이 어깨를 으쓱거렸다.

"난 오히려 그대들에게 올바른 충성심을 요구하는 것뿐이오. 진정한 국왕을 섬김으로써!"

눈을 가늘게 뜨며 리블이 물었다.

"…당신이 왕이 되겠단 소리가 아니었소?"

"미쳤소? 나 같아도 내가 왕 되겠다고 나서면 절대 반대할 텐데?"

껄껄 웃으며 켈테론이 한 발 뒤로 물러섰다.

끼익.

갑자기 연회실 문이 열렸다. 스무 살 정도의 젊은 청년이 거구의 사내, 그리고 백금발의 소녀의 호위를 받으며 안으로 들어섰다.

청년이 줄데란과 리블을 번갈아 보며 근엄하게 말했다.

"이 나라의 앞날을 위해 그대들의 힘이 필요하다. 흑사자들이여."

흑사자 기사들의 두 눈이 부릅떠졌다.

"아인츠 왕자님?!"

허겁지겁 기사들이 무릎을 꿇었다.

"하이어 줄데란, 하이어 리블."

청년, 아인츠 왕자가 그들 앞에 서서 차분한 목소리로 말을 이었다.

"이 나라의 백성들을 위해, 나를 도와주지 않겠는가?"

*　　　*　　　*

결국 줄데란과 리블은 포섭됐다.

아무리 왕자가 직접 요청했다 해도, 어지간한 상황이었다면 두 사람이 이리 쉽게 뜻을 꺾지는 않았을 것이다.

하지만 약점 잡혔지, 명분도 있지, 대의는 충분하지…….

말이 좋아 포섭이지, 사실은 강제로 속박한 것이나 다름없다. 이렇게까지 몰아붙였으니 선택의 여지가 없는 것이다.

두 흑사자 기사는 아인츠 왕자에게 충성을 맹세하고 기사의 검을 바쳤다. 그런 뒤 허겁지겁 자신의 집으로 돌아갔다.

흑사자 기사대장 둘을 얻은 아인츠도 만족해하며 저택을 떠났다.

"나는 이만 왕궁으로 돌아가겠다. 기밀 유지를 명심하도록, 켈테론."

"그거야말로 제가 가장 자신 있어 하는 일입죠, 왕자님. 걱정하지 않으셔도 됩니다!"

그러자 연회실엔 성시한과 켈테론, 그리고 아인츠를 호위하던 제논과 알리타만 남았다.

"그나저나……"

테이블을 보며 문득 알리타가 입맛을 다셨다.

"다들 밥도 안 먹고 그냥 집에 갔네요?"

확실히 만찬 즐길 분위기가 아니긴 했지. 그렇다 해도 기껏 차린 음식인데 다들 손도 대지 않았다.

의자를 빼 앉으며 시한이 빙그레 웃었다.

"우리끼리라도 먹을까? 음식 남기면 벌 받아."

네 사람이 테이블에 오순도순 모여 앉았다.

포크와 나이프를 놀리며 제논이 고개를 주억거렸다.

"호오, 좋은 요리사를 두고 계시군요. 켈테론 백작님."

평소 별채에서 자기들끼리 요리해 먹던 시한 일행인지라 백작가의 요리를 먹는 건 이번이 처음이다.

"먹는 것에는 제법 까다로운 편이라네, 제논 군. 혁명군 시절 워낙 맛없는 것만 먹고 살다보니 보상 심리가 생기더라고."

켈테론이 고개를 끄덕이며 말을 이었다.

"특히 이 바다가재찜은 그 친구의 비장의 요리지. 이 정도 맛을 낼 수 있는 요리사는 대륙 내에서도 손꼽힐 걸세!"

워낙 그가 자랑스러워해서 제논은 굳이 다음 말을 꺼내지 않았다.

'나쁘진 않은데 밸런스가 모자라네. 여기에 식초를 줄이고 셀렌 초로 숨은 맛을 냈다면 더 나았을 텐데.'

어쨌건 바다가재찜은 분명히 훌륭한 요리였다. 알리타는 정신없이 가재 살을 썰어 입안에 넣었다.

그러다가 문득 옆을 보며 의아해했다.

"시한?

성시한 앞에 놓인 가재찜이 전혀 줄어들지 않고 있었다. 아니, 입도 대지 않았다.

"혹시 바다가재는 싫어해요?"

"아니, 제일 좋아하는 요리 중 하나야."

"그럼 왜?"

시한이 포크를 집었다.

앞에 놓인 바다가재찜 대신 테이블 위의 삶은 돼지고기를 쿡 찍는다.

"난 맛있는 것일수록 나중에 먹는 성격이라서 말이지."

돼지고기를 입안에 넣고 으적으적 씹으며 그가 어깨를 으쓱거렸다.

"지금도 그렇잖아?"

그리고 연회실 창밖 저 멀리, 달빛 아래 아스라이 보이는 젝센가드의 왕궁을 바라보며 자조 어린 미소를 지었다.

"여섯 개의 메인 디시 중 가장 맛없는 것부터 먹어치우려는 참이니까."

＊　　　　＊　　　　＊

루스클란 제국을 물리치고 새로운 세상이 열린 지 어느덧 십 년이라는 세월이 지났다.

올곧은 정의와 명예를 지녔던 이들이 세속적인 욕심 앞에 타락하기에 충분한 시간이었다.

하지만 거꾸로 말하면, 이제 고작 십 년밖에 지나지 않았다는 소리도 된다.

현재의 귀족들 대부분은 혁명전쟁을 통해 일어난 신흥 귀족들이었다. 기본적으로 탄압받는 백성들을 위해, 평온한 세상을 위해 싸웠던 이들이다.

십 년은 이 모든 이가 타락하기에는 또 너무 짧은 세월인 것이다.

여전히 젝센가드 왕국에는 국가와 백성의 앞날을 걱정하는 이들의 수가 적지 않았다. 그저 젝센가드라는 절대적인 무력 앞에 쥐 죽은 듯 숨어 있었을 뿐.

그들을 하나하나 찾아다니며 켈테론은 바쁘게 움직였다.

설득은 쉬운 일이 아니었다. 워낙 그동안 그의 악명이 자자했으니까.

그래서 아인츠 왕자의 존재가 필요했다.

중요 인물들은 아인츠가 직접 나섰고, 상황이 여의치 않을 경우엔 왕자의 친서로 진심을 증명했다.

왕자의 존재와 켈테론의 화술에 힘입어 조금씩 세력이 모이기 시작했다.

고향으로 돌아갔던 과거의 혁명 전사들이 뜻을 모았다. 타락한 젝센가드와 핍박받는 백성들을 보며 안타까워하던 귀족들도 손을 보탰다.

그들 중에는 젝센가드 왕국 전역에 상단을 꾸리고 있는 왕국 제2의 부호, 크럼블 자작도 있었다.

＊　　　＊　　　＊

성시한에게 중간보고를 올리며 켈테론이 설명했다.

"쿠데타를 성공하려면 역시 크럼블 자작이 필수입니다."

재력도 재력이지만, 크럼블 자작은 상행을 하며 왕국 여기저기에 자신의 상단을 퍼뜨려 놓았다.

쿠데타 세력 사이의 수월한 의사소통을 위해서는 그 상인들의 연락망이 필요한 것이다.

"은밀히 병력을 움직이기 위해서도 필요하지요. 대규모 병력은 역시 상단으로 위장하는 것이 제일 확실하니까요. 크럼블 자작이 지닌 외교 루트 또한 중요하고요."

쿠데타는 성공했다고 끝이 아니다. 이후 아인츠 왕자가 국왕의 자리에 오른다 해도 다른 나라에서 인정치 않으면 의미가 없다.

각국의 귀족과 긴밀한 관계를 가지고 있는 크럼블 자작은 그 인정을 받는 데 도움이 될 것이다.

"젝센가드와의 우정을 내세워 타국에서 쳐들어와 버리면 골치 아프죠. 하지만 최소 릴스타인 왕국과 이나시우스 교국은

새 국왕을 인정해 줄 겁니다."

왜냐면 젝센가드가 저 둘의 뒤통수를 거하게 후려갈긴 적이 있기 때문이지.

성시한이 키득거렸다.

"그래서 사람은 평소에 잘해야 한다는 말이 있는 거지."

어쨌든, 여러 이유로 인해 크럼블 자작은 쿠데타에 있어 필수적인 존재였다. 그래서 아인츠 왕자도 친히 나서서 설득을 시도했다고 한다.

"그런데 그자가 쉽게 넘어오지 않는 모양이지?"

시한의 질문에 켈테론이 고개를 저었다.

"아닙니다. 그는 이미 우리와 뜻을 함께하기로 맹세했습니다."

원래 크럼블 자작은 자비로운 성품이라 백성들의 안위에 관심이 많았다. 그런 만큼 현 세태에 대한 불만 역시 컸다.

어이없어 하며 시한이 재차 물었다.

"그럼 뭐가 문젠가?"

"이미 동참은 했는데… 애매한 조건이 붙었습니다. 사실 조건이라기보다는 그냥 크럼블 자작의 개인적인 부탁이라고 해야겠습니다만."

크럼블 자작에겐 올해로 14살이 되는 막내딸이 있었다.

병약한 아들들과 달리 여자아이임에도 불구하고 소드하이어의 재능이 있어 특히나 아끼는 아이였다.

기사가 되길 원하는 딸아이의 요청을, 자작은 최선을 다해 지원해 주었다.

아무리 세상이 바뀌었어도 여전히 여성이 기사가 되기란 쉬운 일이 아니다. 그러나 운 좋게 크럼블 자작에겐 흑사자 기사로 일하고 있는 형제가 있었다.

덕분에 자작의 막내딸은 숙부 밑에서 종자로 일하며 착실히 기사의 길을 걷고 있었는데…….

"그 막내딸이 지금 마스터를 잃은 상태입니다. 덕분에 기사의 길도 막혀버렸다더군요."

자작의 딸은 자질이 결코 나쁘지 않았다. 아마 사내아이였다면 금방 다른 마스터를 찾을 수 있었을 것이다.

"하지만 역시 여자아이라서 쉽지가 않은 듯합니다."

남자 기사에게 있어 여성 종자는 기피 대상이었다.

일단 사내아이에 비해 이래저래 관리하기도 귀찮을뿐더러, 안 좋은 구설수에 시달릴 가능성이 너무 많다.

기사니 종자니 하는 단어 다 빼고 보면, 이건 그냥 혈기왕성한 사내가 '자신의 명령에 절대 복종하는 피도 안 통하는 어린 여자애'를 항시 데리고 다니는 상황이다. 요상한 상상을 해대는 건 지구나 테라노어나 마찬가지인 것이다.

물론 구설수를 두려워하지 않는 기사도 개중에 없는 것은 아니다만…….

"두려워하지 않으면 그것도 아비 입장에선 걱정이죠."

그래서 여성 종자들은 보통 친지, 혹은 같은 여성 기사의 종자로 들어가는 것이 테라노어의 관례였다.

문제는 여성 기사의 숫자가 남성에 비해 월등히 적다는 것이다.

워낙 수가 적다 보니 대부분의 여성 기사들은 이미 종자를 거느리고 있다.

자작의 막내딸이 다시 종자가 되기 위해선 저들의 기존 종자가 독립해야 하는데, 이미 왕국 내엔 그녀 외에도 마스터를 찾는 여성 종자들이 적지 않다.

"즉, 마냥 대기표 뽑고 순번 기다려야 한다는 소리군?"

"대기표가 뭡니까?"

"그냥 헛소리야. 어쨌건 뭘 원하는지는 알겠네."

성시한은 고개를 끄덕였다. 그리고 물었다.

"그런데 그걸 왜 자네에게 부탁하는데?"

"제가 최근에 새 여성 호위 기사를 임명했잖습니까? 그것도 아직 종자를 두지 않은 여성 기사지요."

"…알리타?"

기가 막혀 시한이 눈을 크게 떴다.

"걔 수준으로 종자를 둘 수가 있어?"

"시한 님의 눈이 너무 높아서 그렇지, 알리타 양 나이에 투사급이면 상당한 경지입니다만?"

기사급 소드하이어의 경지에 올라야 제대로 된 기사다운 전투를 벌일 수 있지만, 사실 세상엔 그 경지에 오르지 못한 기사들이 훨씬 많다.

심지어 켈테론 같은 경우는 대충 실력만 있으면 종자급조차도 기사로 임명하기도 했다. 뭐, 아무도 기사로 인정을 안 해 주지만.

알리타는 투사급 소드하이어의 실력을 지녔고, 정식으로 서임을 받았다.

본인이야 전혀 자각이 없지만 이 정도면 통례상 훌륭한 기사인 것이다.

"그녀 정도면 정식 기사와 비교해도 전혀 꿀리지 않습니다. 십 년 전과는 상황이 많이 다르거든요."

"하긴, 시대가 바뀌었지."

이해했다는 듯 시한이 고개를 끄덕였다.

"그래도 종자를 두기엔 너무 어리지 않아? 그 막내딸이 열네 살이라며? 세 살 차이밖에 안 나는데?"

뒤져 보면 세상에는 알리타보다 나이가 많은 종자도 수두룩하다.

"그쪽도 이미 알고 있습니다. 연하 아닌 게 어디냐더군요."

"급하긴 급한 모양이네……."

듣자 하니 크럼블 자작도 흰 빵 검은 빵 가릴 처지가 아닌 듯했다.

하긴, 한창때 제대로 수행을 쌓지 못한다면 기껏 자질이 있어도 제대로 기량을 꽃피울 수 있을 리 없다. 이해가 가는 반응이었다.

"어쩔까요, 시한 님?"

잠깐 고민하던 시한이 문득 물었다.

"음, 그런데 어째 듣다 보니 묘하게 크럼블이란 성이 귀에 익은데? 혹시 내가 아는 자인가?"

"자작의 딸이 저희와 구면입니다. 기억하십니까? 함께 베르셀트 사교단 토벌을 했던 하이어 파라멘의 종자였던……."

그제야 머릿속에 확실하게 기억이 떠올랐다.

"아! 자네 뒤통수 후려갈겼던……."

"네? 제 뒤통수라뇨?"

켈테론이 눈을 동그랗게 떴다. 뜨끔하며 성시한은 잽싸게 말을 돌렸다.

"아, 아냐, 아무것도."

하여튼 기억난다. 남방 인종 라한 족의 피가 섞인 적갈색 피부의 아담한 소녀가.

귀여운 인상과 달리, 난리치는 켈테론의 뒤통수를 단호하게 후려갈기는 호쾌함을 보여준 소녀이기도 했다.

"그 애 이름이… 분명 디나 크럼블이라고 했었지?

성시한은 되도록 주변 사람을 늘리고 싶은 마음이 없었다. 이계구원자라는 자신의 정체를 숨겨야 하니까.

그런데 알리타가 종자를 두게 되면 그 종자는 항시 그녀와 함께 다녀야 한다.

'그리고 알리타는 항시 나랑 같이 다녀야 할 처지지.'

비밀 유지를 생각하면 크럼블 자작의 요청을 거부하는 것이 옳았다. 이미 쿠데타에 동참하기로 했다니 앞으로의 계획에도 별 지장은 없을 것이다.

그런 시한의 상황을 알면서도, 켈테론은 되도록 요청을 받아들이는 쪽을 권했다.

"쿠데타를 실패하면 당사자들의 목숨으로 끝나지 않습니다. 협력 관계에 있어서 조금이라도 서로 간에 응어리가 없는 편이 좋지요."

또한 디나를 알리타의 종자로 들이면 이후의 행보에도 도움이 될 거라 했다.

"그 아이의 어미가 상당히 힘 있는 가문 출신이거든요."

디나 크럼블의 어머니는 릴스타인 왕국의 귀족, 셀레트 백작가 출신이었다.

셀레트 백작가는 젝센가드 왕국 내에서만 영향력이 있는 크럼블 자작가와 달리 테라노어 전역에 대규모 상단을 지닌 재력가 가문이었다. 지구로 치면 일종의 다국적 기업쯤이라 하겠다.

"애초에 크럼블 자작이 왕국 2위의 부호가 되고, 다른 나라와의 외교 루트를 지니게 된 것도 실은 마누라 덕분입지요."

그런 디나를 데리고 테라노어 곳곳을 돌아다닌다면 여러모로 편한 점이 많다.

일단 대륙 어딜 가도 외갓집 가게 분점이 있을 테니 숙박이며 이동이 훨씬 안락해진다. 셀레트 백작가의 인맥을 이용해 각국의 고위층과도 수월하게 접선할 수 있다.

시한의 정체가 알려지는 리스크를 감수하고서라도, 그녀를 알리타의 종자로 들이는 쪽이 이득이라는 게 켈테론의 의견이었다.

성시한은 고민했다.

"으음……."

듣다 보니 꽤나 솔깃한 이야기였다.

아무리 초인적인 힘을 지닌 강자라도 제대로 된 의식주를 누리지 못하면 컨디션은 떨어지게 마련이다. 그리고 전투에 있어 승패는 사소한 컨디션 조절 실패로도 크게 갈리는 법이다.

'그래서 나도 테라노어 도착하자마자 돈부터 벌려고 한 거였지.'

세상에는 무인이 산속에 처박혀 수행에만 열중한 뒤, 강자가 되어 하산하는 경우가 꽤 있다. 하지만 그건 어디까지나 수행을 유지할 생활 여건이 모두 갖춰진 후의 일이다.

돈 한 푼 없이, 산속 허름한 오두막에서 대충 사냥과 채집으로 끼니를 때우며 칼만 휘두른다?

재수 없으면 골병이요, 잘되어도 있던 실력이나 안 깎아먹으면 다행이다.

그렇다고 수행 도중에도 꼬박꼬박 돈 벌어가며 의식주를 다 챙긴다?

이건 먹고사는 행위를 너무 우습게 본 처사다. 그렇게 신경이 분산되어서야 제대로 수행에만 집중할 수 있을 리가 없지 않나?

'하물며 9년 면벽 수행한 달마 대사도 소림사에서 밥은 꼬박꼬박 챙겨 줬더만.'

성장이고 회복이고 일단은 먹고사는 문제가 해결된 후의 이야기인 것이다.

일반인이건 초인이건, '잘' 먹고 '잘'살수록 쉽게 강해지는 건 똑같다. 실제로 성시한도 투기량이나 마력을 본격적으로 회복한 건 켈테론에게서 여러 가지 지원을 받은 후다.

그리고 음유시인들의 이야기 속에서야 모험가들이 부담 없이 여기저기 돌아다니곤 하지만, 사실 여행이란 게 그리 만만치 않다.

숙박업과 교통이 발달한 지구라면 모를까, 테라노어에선 돈
만 많다고 아무 곳이나 편하게 다닐 수 있는 게 아니다.

어지간히 발달한 도시에나 여관이 있으며 그 숫자가 많지
도 않다. 항상 방이 남으리란 보장도 없을뿐더러 시설도 일반
가정집에 비해 허름하고 관리도 소홀하다.

돈이 있다 해도 여러모로 의식주의 부실을 가져올 수밖에
없는 것이다.

저런 사실을 잘 아는 시한에게 디나가 가진 메리트는 실로
유혹적이었다.

'켈테론 이 작자, 정말 간신배의 재능이 있는데? 진짜 남 꼬
드기는 건 잘하네.'

하지만 그는 결정을 유보했다.

"일단 물어보고 올게. 알리타의 종자를 두는 일인데, 본인
의 의견을 묻지도 않고 일을 진행시킬 순 없잖아?"

성시한은 알리타와 마주 앉아 제반 사정을 상세히 설명했
다. 그리고 물었다.

"…라고 하더라. 네 의견은 어때?"

"제가 종자를요?"

황당해하는 알리타의 심정은 충분히 이해가 갔다.

이건 한국 식으로 바꾸면, 공부 좀 잘하는 고등학생보고 중학생 과외 교사로 들어가라는 소리다.

고등학생 입장에선 어이가 없는 것이다. 자기도 배울 게 태산인데 남을 가르치라고?

"거절해도 상관은 없어. 그렇다고 딱히 앞으로의 일에 지장이 생기진 않는다. 받아들인다고 해도 쿠데타에 대해선 비밀을 지킬 필요가 없고."

어차피 디나도 쿠데타에 대해 이미 알고 있다고 했다. 그런 중요한 사항도 안 가르쳐 주고 사랑하는 딸을 덜렁 딴 집에 보내 버릴 정도로 크림블 자작은 어리석은 자가 아니었다.

"문제는 내 정체, 그리고 네 정체야."

정체를 숨겨야 하는 건 성시한뿐만이 아니다. 알리타도 자기 정체를 함부로 드러낼 수가 없다.

"사실 난 들켜도 큰 문제가 없어. 설득해서 비밀을 지키게 할 수 있을 테니까. 이계구원자라는 명성이 내 예상보다 훨씬 더 크더라고?"

반면 저주받을 루스클란의 황족은 들킬 경우 설득이 결코 쉽지 않을 것이다.

진지하게 알리타는 고민에 빠졌다.

잠시 후 그녀가 차분히 입을 열었다.

"그런 이유라면 전 찬성이에요."

"…괜찮겠어?"

살짝 놀라며 시한은 알리타를 응시했다. 이제껏 봐온 그녀의 성격상 반대할 거라 여겼기 때문이었다.

잔잔한 목소리로 알리타가 말을 이었다.

"우리 아빠가 말씀하신 게 있어요."

시한은 그녀가 말한 '아빠'가 양부인 케란임을 알아챘다.

보통 알리타는 양부를 칭할 땐 사랑과 애정을 담아 '아빠'라고 하는 반면, 친부는 개새끼, 썩을 놈, 미친 작자 등으로 부르기에 굉장히 파악하기가 쉽다.

"아빠는 항상 제게 가르치셨어요. 누구와 얽히게 되든 항상 염려하고 또 의심하라고."

당연한 소리다. 대륙 전역에 퍼진 루스클란 황족에 대한 증오와 경멸, 그리고 상아탑에서 걸어놓은 거액의 현상금을 생각하면 결코 경계를 풀 수 있을 리 없다.

그러나 이어진 알리타의 말은 좀 의외였다.

"그리고 남을 의심하라는 것이, 남을 불신하라는 소리는 아니라고도 하셨죠."

세상은 두 의미를 혼용하지만 사실 의심과 불신은 좀 다르다.

객관적인 판단력을 가지고, 감정적으로 치우치지 않은 채 현 상황과 상대의 성품, 인간관계 등에 근거하여 진심을 판가름한다.

이것이 의심이다.

반면 불신은 상대가 어떤 상황인지, 어떤 생각과 가치관으로 움직이고 사고하는지를 전혀 이해하려 들지 않은 채 무조건 기피하고 경계하는 행위다.

철저히 자기중심적인 것이다.

"아빠는 말했어요. 의심이야말로 상대를 가장 깊이 이해하려는 행위이기도 하다고."

아무런 의심 없이, 그저 자기 자신의 기준만을 통해 상대를 바라보며 멋대로 판단한다?

우린 우정을 지니고 있어.

우린 서로 사랑하고 있어.

내가 그를 믿는 만큼 그도 나를 믿고 있어······.

상대를 이해하려는 노력을 귀찮다는 이유로 기피해 버리고 자기 자신의 기준만으로 판단해 결론 내리는 것이 신뢰라면, 그 신뢰는 참으로 값어치 없으리라.

"무턱대고 상대를 신뢰하는 것은 무턱대고 상대를 불신하는 것과 똑같다고도 했고요."

상대를 이해하고, 경계할 이유가 없는 것들을 배제하고, 그의 사고방식과 행동 양식을 통해 과연 정말 자신이 생각한 대로인지, 아니면 정말 신경 쓸 이유가 있었는지를 가려낸다.

의심하고 또 의심한 끝에 상대를 신뢰하는 행동을 보여주며, 그 후에도 경계는 늦추지 않는다.

그러고 나서야 그 믿음은 진정 가치가 생긴다.

"경계나 의심이라는 어휘가 불쾌하다면, 관심과 이해라고 해도 무방하다고 하셨죠."

케란의 가르침은 단순히 현학적인 이야기가 아니었다.

오히려 철저하게 현실적인 문제였다.

알리타의 정체는 철저히 감춰져야 한다. 하지만 케란은 판단에 따라 그녀의 정체를 일부 지인에겐 알리기도 했다.

예를 들면 카곤 시티의 용병 중개소 소장이라든가…….

서로 신뢰한다고 믿었던 이가 중대한 비밀을 지니고 있다는 걸 알게 되면 인간인 이상 배신감을 느끼지 않을 수 없다. 또한, 진실을 몰라 의도치 않게 알리타에게 위험한 일을 맡길 수도 있다.

무조건 비밀을 감춘다고 능사가 아니다.

때로는 비밀을 누군가와 공유해야 더욱 안전해지는 경우도 있는 것이다.

"처음부터 거리를 두고 지내든가, 아니면 철저히 한편이 되어라."

하지만 인간이 사회적 동물인 이상 세상 모든 사람과 거리를 두고 지낼 순 없다.

"그렇다면 한편이 되고 나서도 의심, 곧 상대를 알려는 노력을 언제나 게을리하지 말라. 이것이 아빠의 말씀이었어요."

"음……."

차분한 알리타의 말에 성시한은 신음을 흘렸다. 내심 뜨끔한 기분이었다.

그녀 입장에선 루스클란의 황족이기 때문에 겪는 처지에 대한 대처법일 뿐이겠지만, 이는 시한에게도 통용되는 이야기였다.

아직도 이해할 수 없다.

어떻게 배신당하는 그 순간까지 아무것도 모를 수 있었는지. 어떻게 마지막 최후의 전투까지 그토록 감쪽같이 자신을 속일 수 있었는지를.

하지만 과연 정말 아무런 징조도 없었을까?

자신에게 보인 그 모든 우정과 사랑이 실은 전부 가식이었고, 처음부터 이용하기 위해 가면을 쓰고 상대했던 것뿐일까?

'단지… 내가 보려 하지 않았을 뿐일지도…….'

친구들을 이해하려 들지 않았을지도 모른다.

그저 자기 기준대로 해석하고 판단하며 움직였을지도 모른다.

뭔가에 실망했을지도, 뭔가에 앙금이 쌓였을지도 모른다.

"…시한?"

갑자기 말이 없어진 성시한을 보며 알리타가 그의 이름을 불렀다. 시한이 희미한 웃음을 지으며 고개를 저었다.

"아, 잠깐 쓸데없는 생각이 떠올랐어."

그렇다 한들 복수를 그만둘 생각은 없다.

스스로에게 맹세했다. 그들이 저지른 배신의 대가를 치르게 하겠다고.

그간 겪은 좌절과 허무의 시간을 되풀이할 순 없었다.

이것은 반드시 매듭지어져야 하는 일이었다. 시한 자신의 미래를 위해서.

'내게도 잘못이 있다고 해서, 저들의 배신이 정당화되는 것은 아니다.'

하지만 이와 별개로 알리타의 말에는 일리가 있었다.

시한은 결정을 내렸다.

"그래, 일단 그 디나란 아이를 만나보자."

그리고 곁에 두고 판단해 봐야겠다. 과연 그 아이가 믿을 만한 성품인지, 그들의 정체를 알고도 배신하지 않을 것인지를.

"그래요."

동의하며 알리타도 고개를 끄덕였다. 그런 그녀를 보다 말고 문득 시한이 헛웃음을 흘렸다.

"그런데 말이지, 그런 가르침을 받은 것치곤 알리타 너 무조건 사람을 불신하던데?"

말은 제법 그럴싸했는데, 결국 지금껏 봐온 그녀의 태도는 '세상에 믿을 놈 없으니 뒤통수 맞아도 웃으며 포기하자! 어차피 이게 내 팔자잖아?' 쪽이었다.

알리타가 얼굴을 붉혔다.

"아, 그냥 아빠가 그렇게 가르쳤다는 거고, 그동안 내가 충실히 따랐다는 소리는 아니니까……."

본인도 자각은 있는 모양이었다. 쑥스러워하며 그녀는 배시시 웃었다.

"그래도 이제부턴 충실히 따라보려고요."

＊　　　＊　　　＊

다음 날 한 소녀가 켈테론 백작가의 저택을 찾았다.

"안녕하세요? 다시 뵙게 됐네요."

사슬 갑옷을 걸친 붉은 곱슬머리의 소녀, 디나 크럼블은 쾌활한 표정으로 꾸벅 인사를 건넸다.

알리타가 머쓱해하며 응대했다.

"으, 으웅……."

결심은 했지만 역시 눈앞으로 닥치니 어색해 미치겠다.

누군가의 종자로 들어가도 이상하지 않을 나이에 종자를 두는 것도 어색하고, 저 강한 시한과 제논이 있는데 고작 투사급인 자신이 마스터 소리 듣는 것도 웃기기만 하다.

'이래서야 마스터와 종자라기보다는 그냥 언니 동생이잖아?'

그래도 디나는 마냥 기쁜 얼굴이었다. 흥분으로 상기된 기색을 숨기지 않은 채 그녀가 알리타에게 무릎을 꿇었다.

"정식으로 인사드리겠습니다."

비록 아직 어린 나이였지만, 하이어 파라멘 밑에서 오래 수행을 쌓았기에 디나는 기사의 예법에 익숙했다.

주종의 예를 취하며 적갈색 피부의 소녀가 초롱초롱한 눈빛을 보였다.

"디나 크럼블입니다. 앞으로 성심성의껏 마스터를 모시겠습니다!"

원래대로라면 여기서 알리타도 그럴듯하게 정통 예법대로 받아주어야 한다.

케란에게 따로 기사 예법에 대해 배운 적은 없지만 명색이 황제의 딸, 예법이 난무하는 본고장 출신이다. 방법을 모르는 건 아니다.

'하지만 머리로 알아도 기분상 못 하겠네.'

결국 알리타는 부드럽게 손을 건네 디나를 일으켜 세웠다. 그리고 평민처럼 말했다.

"응, 나도 잘 부탁해, 디나."

＊　　　＊　　　＊

다가올 결전의 날을 기다리며 시한 일행은 계속 수련에 힘썼다.

성시한뿐만 아니라, 제논과 알리타 역시 켈테론의 호위 기사로서 쿠데타에 한몫을 담당해야 한다. 그때를 생각하면 조금이라도 더 실력을 키워놓을 필요가 있었다.

백작가 별채의 뒤뜰의 연무장.

"하압!"

싸늘한 기합과 함께 투기의 칼날이 허공에 춤을 춘다. 희미한 방전음과 함께 대기가 요동친다.

알리타는 땀을 흘리며 계속 검술을 연마했다. 마법이란 새로운 힘을 얻었다지만 그렇다고 검을 등한시할 순 없었다.

'어차피 난 아직 일용직 마기언인걸?'

옆에선 디나가 사슬 갑옷을 걸친 채 열심히 팔방 베기를 연습 중이었다.

"헛! 타앗! 하압!"

원래 그녀는 하이어 파라멘처럼 검과 방패를 사용하는 스타일의 검술을 익히고 있었다. 하지만 알리타의 종자가 되며 스피드 위주의 한 손 검술로 바꾼 것이다.

어차피 기존의 검술도 수준이 낮아서 이제 와서 바꾼다고 딱히 성장에 방해될 일은 없었다.

횡 베기와 종 베기, 사선 베기가 어우러진 모든 검술의 기본인 팔방 베기.

이를 한 손 검 자세로 열심히 이행하다 말고 문득 디나가 알리타의 검무를 힐끔거렸다.

'와아……'

유려하기 짝이 없는 검무였다.

한 자루 칼날이 사방을 희롱하며 빛의 궤적을 그린다. 그 중심에 백금발의 아름다운 소녀가 있다.

조금씩 소녀의 이마에 땀이 흐른다. 방해가 되지 않도록 땋아 올린 아름다운 백금발이 촉촉이 젖어 드리워진다.

보고 있던 디나의 눈빛이 몽롱해졌다.

'역시 이 언니 멋있어……'

시한 일행은 디나가 갈 곳이 없어서, 그래서 어쩔 수 없이 여성 기사인 알리타 밑으로 들어왔다고 알고 있다.

하지만 진실은 좀 달랐다.

크럼블 자작은 무려 젝센가드 왕국 제2의 부호다. 아무리 여성 종자가 마스터 구하기 힘들다 해도 그건 어디까지나 일반적인 이야기, 사랑하는 딸내미 종자 자리쯤이야 얼마든지 만들어줄 힘이 있는 귀족인 것이다.

정 안 되면 쓸 만한 여성 프리 하이어를 고용해 기사 작위를 내린 다음 가정교사로 붙여줘도 되는걸?

그런데 굳이 크럼블 자작이 켈테론 백작에게 아쉬운 소리를 한 이유가 있었다.

디나 본인이 알리타를 강하게 희망한 것이다.

"그 언니 완전 죽여줘, 아빠!"

"사랑하는 우리 딸, 제발 말 좀 곱게 써주지 않으련?"

"어쨌거나! 나 그 언니 밑에서 배우고 싶어!"

"엥? 그 아가씨 고작 투사급라던데?"

"그 나이에 투사급이니까 더 대단하지! 내가 알기로 파라멘 숙부님은 그 나이에 아직 종자였⋯⋯."

"이 녀석아, 네 숙부 섭섭해하시겠다. 안 그래도 그 녀석 은퇴하고 우울해하시던데."

"아, 그러네. 숙부님 이야기는 꺼내는 게 아닌데⋯⋯."

여하튼 이런 이유로 아버지를 조른 디나는 결국 동경하던 알리타의 종자로 들어올 수 있었다. 그리고 새삼 자신의 선택에 만족하는 중이었다.

'역시 마스터 언니는⋯⋯.'

생동감 넘치는 연무였다.

검을 휘두를 때마다 가죽 갑옷 위로 유려한 전신 곡선이 부드럽게 이어진다. 가는 허리와 도톰한 가슴이, 늘씬한 팔뚝이며 탄탄하면서도 선이 고운 허벅지와 연결되어 생기를 발한다.

'…몸매 한번 흐뭇하시단 말이지, 으헤헤.'

어째 14세 소녀에게서 나올 표정이 아니긴 한데, 어쨌건 분명 동경은 동경이었다.

'그리고 가슴도… 웃흥!'

덕분에 한참 검을 휘두르다 말고 알리타는 때아닌 오한에 부르르 떨어야 했다.

'이상하다? 왜 이렇게 묘한 시선이 느껴지지?'

디나가 딱히 눈요기(?)에만 열중한 것은 아니었다. 진지한 입장에서도 알리타의 검무는 충분히 부러움의 대상이었다.

알리타는 가벼운 가죽 갑옷 차림으로 새처럼 움직이고 있었다.

반면 디나는 제자리에서 인형처럼 검만 휘두를 뿐이다. 거추장스런 사슬 갑옷을 입고 알리타처럼 자유자재로 움직이긴 힘드니까.

디나가 하소연하듯 혼잣말을 중얼거렸다.

"아, 나도 어서 금속 갑옷을 벗고 싶다……."

종자급 소드하이어에게 금속 갑옷은 필수다.

투사급이 금속 갑옷을 기피하는 것은 투기검의 공격력 앞에 일반적인 금속의 방어력이 큰 의미가 없어서다.

하지만 투기검을 쓰지 못하는 종자급 소드하이어는 사실 육체 능력이 좋은 일반 병사나 마찬가지다. 종자급 수준이라면 무조건 금속 갑옷을 걸쳐야 유리한 것이다.

디나의 혼잣말을 들은 알리타가 실소하며 그녀를 돌아보았다.

"그러니? 난 어서 금속 갑옷을 입고 싶은데?"

디나가 알리타를 부러워하듯, 알리타도 누군가를 부러운 눈빛으로 바라보고 있었다.

바로 조금 떨어진 별채 뒷마당에서 웅장하게 검을 휘두르는 거구의 기사를.

"허업! 타앗!"

두꺼운 하프 플레이트 아머를 걸친 제논이 검풍까지 일으키며 커다란 대검을 휘두른다.

참격을 허공에 날릴 때마다 전신에 걸친 하프 플레이트 아머가 희미한 기운을 흩뿌린다. 강인한 방호 투기가 깃들어 있다는 증거다.

알리타가 금속 갑옷을 입지 않는 이유는, 검력은 투기로 강화할 수 있는데 금속 갑옷의 방어력은 강화할 능력이 없기 때문이다.

어서 기사급의 경지에 올라 제대로 금속 갑옷을 활용해 보고 싶다.

'아, 난 언제쯤 제논처럼 될 수 있을까?'

그렇게 그녀가 속으로 혀를 찰 때였다.

갑자기 제논이 검을 멈추고 한숨을 푹 쉬며 중얼거렸다.

"아, 나도 어서 금속 갑옷을 벗고 싶다……."

그리고 별채 쪽, 성시한이 있는 집 안을 동경의 눈으로 빤히 바라본다.

투기를 통해 금속 갑옷만 강화할 수 있는 기사급과 달리 달인급 소드하이어는 금속이 아닌 일반 천도 강화할 수 있다. 그리고 그 강화도는 기존의 재질에 영향을 받지 않는다.

투기량이 같다면 천이나 금속이나 비슷한 방어력을 지닌다는 의미다.

그러니 제논 같은 기사급 소드하이어에겐 금속 갑옷을 벗는 행위에 한 단계 성장했다는 상징적인 의미가 있는 것이다.

제논의 하소연을 들은 알리타와 디나의 표정이 미묘해졌다.

"어머나?"

왠지 상황이 웃겼다. 누구는 벗고 싶어 하고, 누구는 입고 싶어 하고…….

소드하이어의 경지에 따라 금속 갑옷의 유불리가 갈리다 보니 이런 웃기는 상황이 나온다.

두 소녀는 서로를 바라보며 까르르 웃었다.

"아하하!"

소녀들의 맑은 웃음소리가 연무장을 가득 울렸다. 제논이 의아해하며 뒤를 돌아보았다.

"뭐야?"

잡생각 그만하고 수행이나 마저 해야겠다. 디나도 알리타도 정신을 차리고 다시 수행을 시작했다.

그때 문득 알리타에게 작은 의문이 떠올랐다.

'그러고 보니 초인급 소드하이어는 어떨까?'

초인급 이상의 소드하이어는 금속 갑옷을 입는 게 나을까, 아니면 벗는 게 나을까?

생각해 보면 참 쓸데없는 의문이다. 저런 의문에 신경을 분산할 바에야, 차라리 수행에 집중해 칼이라도 한 번 더 휘두르는 게 더 생산적일 것이다.

하지만 원래 호기심이란 한번 일어나면 끈덕지게 뇌리 한구석에 붙어 집중을 방해하는 법, 그리고 알리타는 호기심을 억지로 누를 필요가 없는 처지였다.

그냥 당사자에게 물어보면 되는 거니까.

"…금속 갑옷?"

자신의 방을 찾아온 그녀를 보며 성시한은 의아해했다.

"그건 왜 물어봐?"

"그냥 궁금해져서요. 시한은 기사급 소드하이어로 위장하고 있을 때도 금속 갑옷을 안 입더라고요."

시한은 피식거렸다. 그가 그동안 금속 갑옷을 입지 않은 것엔 무슨 특별한 이유가 있어서가 아니었다.

그냥 달인급까지 투기를 회복하는 시간이, 자기 몸에 맞게 금속 갑옷을 맞추는 시간보다 짧을 것 같아서 굳이 헛돈 쓸 필요를 못 느꼈을 뿐이다.

"음, 하여튼 갑옷이라……."

대답하지 못할 이유도 없었다. 무슨 대단한 비밀이 있는 것도 아니니까.

"그때그때 상황에 따라 다른데?"

혁명 7영웅을 묘사한 그림이나 삽화를 보면 때론 두꺼운 중갑 차림, 어떨 땐 간단한 여행복 차림이었다. 그 속에서 그들은 다양한 장비로 전투에 임하는 모습으로 그려졌다.

그럴 이유가 있었다.

"초인급 소드하이어쯤 되면 각자 익힌 무술이나 전투 방식, 상황에 따라 사용하는 장비가 갈리거든."

쉽게 비유해서 천 옷의 방어력이 1, 금속 갑옷의 방어력이 10이라 치자.

소드하이어가 금속 갑옷에 20이라는 투기량을 부여하면 그 금속 갑옷의 방어력은 20이 된다.

그리고 천 옷에 20이라는 투기량을 부여해도 그 옷의 방어력은 20이 된다.

순수하게 투기량에 따라 방어력이 결정되는 만큼, 달인급 소드하이어의 경지에서는 군이 금속 갑옷을 입을 필요가 없는 것이다.

"하지만 초인급의 경지에 오르면 물체의 재질에 투기를 융합해 그 강도를 비례적으로 높일 수 있어."

초인급 소드하이어가 천 옷에 20의 투기량을 융합하면 21의 방어력이 나온다. 반면 금속 갑옷일 경우 갑옷 자체의 강도도 올라가 30의 방어력이 나오는 셈이다.

"물론 이건 이해하기 쉬우라고 대충 매긴 숫자고, 실제로는 훨씬 복잡하지만 말이지."

즉 초인급 소드하이어라면 금속 갑옷이 천 옷보다 방어에 있어서 유리하다.

"그런데 이게 또 무조건 유리하다고 하기엔 미묘해. 투기를 부여하는 게 아니라 아예 융합시킬 경우엔, 부담도 비례해 오르거든?"

경지에 오른 소드하이어라면 금속 갑옷의 무게 자체엔 거의 영향을 받지 않는다. 그러나 초인급이 갑옷을 강화할 경우엔 달라진다.

갑옷의 무게가 아니라, 융합한 투기 자체가 부담이 되어 움직임이나 감각을 제약하는 것이다.

"왜, 일반 병사들도 힘 좋고 발 느린 이들은 중갑병에 소속

되고, 힘은 약해도 날쌔고 발 빠른 병사들은 경갑병이 되잖아? 이거랑 비슷해. 도로 일반적인 상식으로 회귀하는 꼴이지."

알리타가 혀를 내둘렀다.

"뭔가 복잡하네요?"

"좀 그렇지? 나도 처음 투기술 배울 땐 되게 헷갈렸어, 이거."

저런 이유로, 십여 년 전 성시한이 활약하던 당시 초인급 소드하이어들의 장비는 각양각색이었다.

일단 루스클란 육호장 같은 경우엔 기사 출신이다 보니 전원이 금속 갑옷 애용자였다.

반면 같은 초인급 소드하이어라도 용병 출신인 젝센가드는 중갑 취향, 도둑 출신인 레비나는 경갑 취향, 수행무사 출신인 테오란트는 적당히 방어와 무게를 혼용한 하프 아머를 애용했다.

"무신급도 뭐 크게 다르진 않아. 나 같은 경우엔 대인전 땐 가죽 갑옷이나 평복을 선호하고 거대 마물이랑 싸울 땐 금속 갑옷을 입었지."

설명하다 말고 뭔가 떠올랐는지 시한이 한마디를 덧붙였다.

"뭐, 전쟁 땐 그딴 거 없고 다들 착실하게 금속 갑옷 차림이었지만."

역시 전쟁터에선 화려한 갑옷 입고 앞장서줘야 따르는 병사들 사기를 올릴 수 있는 것이다. 더구나 사각에서 뭐가 날아올지 모르니 아무리 초인급이나 무신급이라도 감히 맨몸으로 나서긴 부담스럽다.

"그렇군요……."

이해한 알리타가 고개를 끄덕였다.

"그럼 난 초인급 소드하이어가 된다면 굳이 금속 갑옷을 입고 다니진 않겠네요."

그녀가 익힌 검술은 스피드와 기교 위주의 아크로바틱 스타일이었으니까.

시한이 조소를 흘렸다.

"그거야 그 경지까지 오른 후의 일이지? 뛰지도 못하면서 어떻게 날지를 고민하고 있냐?"

"거, 죄송하네요……."

알리타는 입을 삐죽이며 눈을 흘겼다. 저놈의 전설의 영웅씨, 요즘 들어 잠잠하더니 또 잘난 척이다.

문득 시한이 중얼거렸다.

"그러고 보니 내가 쓰던 '마갑 루브레스크'는 어떻게 됐나 모르겠군."

십 년 전의 마지막 최종 전투, 광제 루스타나드를 상대할 때의 일이었다.

성시한은 마검 디재스터와 적룡의 망토, 마갑 루브레스크 등 강력한 마도기들을 걸치고 있었다. 이후 지구로 귀환당하면서 모든 장비를 죄다 강제로 해제당했었으니, 아마도 아직 테라노어 어디에 남아 있을 것이다.

빙긋 웃으며 알리타가 말했다.

"아마도 누군가가 잘 간직하고 있지 않을까요? 어마어마한 가격 붙여서."

고작 팬티 한 장에 금화 100닢이었다. 그럼 이계구원자가 쓰던 마검이나 마갑은 얼마나 할지 짐작도 가질 않는다.

"에이, 팬티야 그렇다 쳐도 루브레스크나 디재스터를 그 인간들이 그냥 뒀을 것 같지는 않은데?"

그 인간들, 자신을 배신한 여섯 친구들을 지칭하며 시한은 손을 내저었다.

일반 옷가지야 아무도 신경 쓰지 않았을 테니 제논 손에까지 흘러 들어간 게 이해가 간다. 하지만 마갑 루브레스크나 마검 디재스터는 그 자체만으로 엄청난 성능의 마도구다.

"아마도 누군가가 챙겨가지 않았을까 싶다만."

성시한의 팬티야 대충 버릴 수 있다지만(사실은 버리는 쪽이 정상이지만!) 저 마도구는 당연히 챙겨뒀겠지.

"음, 다른 건 몰라도 디재스터는 좀 아쉬운데……."

단검의 형태에서 길이 2m의 초대형 장검까지 크기와 중량이 자유자재로 변화하는 이 마검은 현 시대의 마법학으로는 제조가 불가능한 기물 중의 기물이었다.

원래는 초대 루스클란 황제가 만든 전설의 마도구로 황실 대대로 내려오던 것을 제국 수호기사, 론다르크 장군이 특별히 하사받아 쓰던 검이었는데……

"그 양반 죽이고 내가 루팅했지."

"루팅?"

"이제 좀 알아서 걸러들어. 알잖아, 헛소리인 거?"

"네, 잘 알죠."

손사래를 치며 알리타가 고개를 돌린다. 웃으며 시한이 말을 이었다.

"하여튼 디재스터라, 지금은 누가 가지고 있으려나?"

지금까진 힘을 회복하는 게 우선이라 미뤄뒀지만, 슬슬 마검 디재스터의 행방을 파악해둘 시기가 되었다.

"켈테론을 시켜서 알아봐야겠다. 그 전까진 저걸로 만족해야지, 뭐."

그는 방 한쪽을 바라보았다. 손잡이를 합치면 거의 성시한의 키만큼이나 거대한 클레이모어가 검집에 꽂힌 채 벽에 걸려 있었다.

젝센가드를 상대하기 위해 라텐셀 최고의 대장장이가 벼려낸 그의 새 검이었다. 물론 대금은 켈테론이 치렀고.

함께 클레이모어를 바라보며 알리타가 물었다.

"수행은 잘되나요?"

"응, 슬슬 예전 감각이 돌아오네."

손을 쥐락펴락하며 시한이 자신만만하게 대답했다. 안심이란 얼굴로 그녀가 자리에서 일어났다.

"그럼 궁금한 것도 해결했고, 전 이만 가볼게요. 아직 수련할 게 남아서……."

"그래."

살짝 손을 흔든 뒤 알리타는 도로 방을 나섰다.

문이 닫히고 홀로 남게 되자, 성시한의 표정이 어두워졌다.

"으음……."

알리타에게 거짓말을 한 것은 아니었다.

분명 투기량은 날이 갈수록 늘고 있었다. 딱 예상했던 만큼의 회복세였다.

'그런데……'

그는 자신의 오른손을 내려다보며 이마를 찌푸렸다.

'이상하게 마력 회복 속도는 점점 느려진단 말이야. 왜 이러지?'

*　　　*　　　*

시한 일행이 힘을 키우는 동안 켈테론도 바쁘게 움직였다.

낮에는 젝센가드 앞에서 온갖 아부를 떨며 행정을 처리하고, 밤에는 몰래 움직이며 여러 귀족들이며 과거 혁명군 관련자들을 모아 쿠데타를 준비한다.

젝센가드의 통치에 반발심을 지니고 있다 해서 모두가 흔쾌히 쿠데타에 가담한 것은 아니다. 오히려 한 발 뒤로 빠져 상황을 지켜보려는 기회주의자들이 더 많았다.

하지만 켈테론은 노련한(?) 설득으로 그들을 거사에 참가시켰다.

쿠데타에 참가해.

무서운데. 일단 두고 볼래.

그럼 네가 그동안 저지른 비리 죄다 까발려 버린다?

그런 짓 하면 네놈은 무사할 것 같으냐!

그럼 젝센가드에게 달려가서 죄다 불어버리든가? 젝센가드가 날 믿을 거 같냐, 널 믿을 것 같냐?

뱀 길은 뱀이 제일 잘 안다던가? 온갖 비리의 온상이었던 독사 중의 독사, 켈테론이 작정하고 뱀 길을 누비니 감히 당해 낼 이가 없었다. 애초에 켈테론도 딱 이용할 여건이 되는 인물까지만 노리기도 했고.

"이게 바로 포섭입니다. 누군가를 끌어들이려면 이 정도 성의는 보여야 예의죠."

"약점 잡아 궁지로 몰고 도망칠 길을 차단하는 것이 성의인 거야?"

"덕분에 이 나라의 앞날을 위해 대의에 몸 바칠 정의로운 동지들을 많이 모을 수 있었잖습니까?"

"…적어도 정의라는 단어는 떼라."

기가 막혀 시한은 한숨을 쉬었다. 켈테론이 웃으며 대꾸했다.

"원래 뇌물이라는 게 처먹을 땐 꿀처럼 달지만 배 속에선 독이 되어 내장을 찢는 법입니다. 그 작자들도 이 정도 각오는 했어야죠."

분명 틀린 말은 아닌데, 말하는 당사자가 켈테론이라는 게 어이가 없다.

"그쪽이야말로 엄청 먹었잖아, 뒷돈?"

"그래서 전 미리 미리 조치를 취해났습니다. 원래 고기와 뇌물은 먹던 놈이 잘 먹는 법이죠."

"잘났다……."

어쨌건 켈테론의 수완은 분명 뛰어났다. 보아하니 정말 쿠데타를 성공시킬 수 있을 것 같았다.

그래, 분명 성공은 시킬 수 있을 것 같은데…….

'정작 아인츠가 왕이 된 뒤에 태평성대가 올려나?'

이 부분이 영 회의가 든다.

성시한이 인상을 쓰며 켈테론을 노려보았다.

"혹여나 해서 말해두는데, 허튼수작 부리지 마라, 켈테론. 팍 터뜨려 버리는 수가 있다?"

명백한 협박이었다. 그런데 의외로 그는 겁을 먹지 않았다.

"물론입니다, 시한 님."

실제로 켈테론은 성시한의 뜻을 거스를 생각이 전혀 없었으니까.

"대지 파괴자 밑에서는 지금까지가 최선이었습니다. 하지만 이계구원자 밑이라면 보다 나은 꿈을 꿀 수 있지요."

평소의 가벼운 태도를 버리고 그가 진지하게 말했다.

"제 몸 안에 폭살기가 있든, 없든 전 시한 님을 배신할 생각이 없습니다."

악명 높은 간신배의 입에서 살짝 진심이 흘러나왔다.

"전 이 나라를 바꿀 겁니다. 저도 잘살고, 백성들도 잘사는 나라로."

자기도 잘살아야 한다는 대전제를 놓지 않는 부분이 참 그다웠다. 적어도 자신을 희생하면서 백성들에게 봉사할 생각은 전혀 없는 것이다.

그런데 그 점이 오히려 믿음이 간다. 시한의 표정이 누그러졌다.

"그럴 거면 좀 일찍 바꾸지 그랬어?"

켈테론이 머쓱해하며 뒷머리를 긁었다.

"젝센가드 밑에선 저게 불가능했거든요."

*　　　　*　　　　*

안개처럼 희미하고 뿌연 어둠 속에서 한 사내의 목소리가 울렸다.

"모두들 동의한 건가?"

어린 소녀의 음성이 뒤를 이었다.

"난 찬성. 그의 존재는 너무 위험해. 광제가 사라지면 누구도 그를 막을 수 없을걸?"

다른 남자들의 대꾸가 연달아 이어졌다.

"마음에 들진 않지만 현실을 무시할 순 없겠지. 동의하겠다."

"나 역시 찬성이야."

모두에게 질문했던 남자가 한 사람을 지목했다.

"넌 어떻게 생각해, 젝센가드?"

젊은 젝센가드는 생각했다. 그리고 자신이 원래 생각 따위 안 하고 사는 놈이라는 걸 새삼 자각했다.

그가 어깨를 으쓱였다.

"사실 난 그 녀석을 싫어하지 않아. 오히려 꽤나 좋아하지."

"우리들 모두 그렇지. 그를 싫어하기 때문에 이런 선택을 내리는 것이 아니다."

젊은 젝센가드 역시 그 사실은 이해하고 있었다. 그는 목소리가 들려온 쪽을 차례로 훑어보았다.

"하지만 난 다른 친구들도 좋아하지."

오랜 경험을 통해 체득한 것이 있다. 바로 마기언의 판단에 반대하는 것은 그리 현명한 일이 못 된다는 사실이다.

젝센가드가 오른손을 들었다.

"잘 모를 땐 다수결이지, 나도 찬성."

그러자 다른 여인의 음성이 어둠 속에 울렸다.

"좋아요, 다 좋은데……."

싸늘하고 비웃음 가득한 목소리였다.

"현실적인 문제를 묻지 않을 수 없네요."

그녀가 경멸을 담은 채 물었다.

"대체 무슨 수로 천하의 이계구원자를 처치한다는 건가요?"

젊은 젝센가드가 발끈했다.

"우릴 너무 무시하는군, 카렌?"

성시한의 능력이 자신의 위라는 사실은 부인하지 않지만, 그들 역시 같은 혁명군의 리더였다. 이렇게까지 무시당할 수준은 아니다.

"아무리 그 녀석이 강해도 우리 여섯 명을 모두 감당할 수는 없을걸?"

과대망상이 아닌 순수한 진실이었다. 여인도 그 사실을 부인할 생각은 없었다.

"그렇겠죠. 아무리 시한이라도 우리들이 일제히 덤벼들면 죽음을 피할 수 없겠죠."

그저 입가에 띤 비웃음이 더더욱 짙어질 뿐.

"그리고… 운 좋으면 우리 중 절반 정도는 살아남겠네요?"

그러자 아무도 입을 열지 못했다. 그녀의 말 역시 전혀 틀리지 않았다.

"쥐새끼 여섯 마리가 옹기종기 모여서 참 즐거운 이야기를 하고 있는데……."

웃음기 깃든 목소리가 짙은 어둠 사이로 잔잔히 흘러갔다.

"대체 누가 고양이 목에 방울을 달 거죠?"

*　　　　*　　　　*

젝센가드는 눈을 떴다.

"으음……."

주위를 둘러보니 자신의 침상이었다. 옆에서 간밤에 귀여워해 주었던 네칸 족 출신의 흑인 미녀가 알몸으로 새근새근 잠들어 있다.

그는 몸을 일으켜 테이블로 향했다. 탄탄한 근육질의 나신을 드러낸 채 독한 술을 물처럼 들이켠다.

"후우, 요새 이상하게 옛날 꿈을 자주 꾸는데?"

이유는 알고 있었다.

하이어 버클리의 시체에서 발견한 패왕기의 흔적 때문이다. 제법 솜씨 좋게 감춰놓았지만 초인급 소드하이어의 눈을 속이지는 못했다.

"패왕기라……."

패왕기라면 이계구원자 성시한과 용병왕 바락의 고유 투기술이었다. 하지만 둘 다 범인일 리는 없었다.

이계구원자는 지구로 돌아갔고, 그것이 아니더라도 시체에 남은 흔적은 기껏해야 달인급 수준이었다. 무신급 소드하이어인 성시한이나 바락이었다면 보다 간단하게 버클리를 처리했을 것이다.

'물론 힘을 일부러 감췄을 가능성도 있겠지만…….'

무신급 소드하이어가 작정하고 자신을 감추려 했다면 아무리 젝센가드라도 투기술의 흔적을 읽을 수 있었을 리가 없다.

그러니 범인은 용병왕 바락의 제자일 것이다.

젝센가드는 그리 판단했고 신하들도 같은 결론을 내렸다.

하지만 일단 패왕기를 접하며 옛 친구를 떠올린 탓일까? 자꾸 과거의 일이 떠오른다.

"나도 이제 나이를 먹은 건가?"

젝센가드는 혀를 찼다. 어울리지 않게 옛 시절 꿈이나 꾸고 있다니…….

그때 침상 쪽에서 요염한 목소리가 들렸다.

"폐하, 안 주무세요?"

"아, 어쩌다 보니 깼다."

흑인 미녀가 부끄러워하며 살짝 이불로 몸을 가렸다. 탄력적인 검은 피부가 얇은 이불 위로 매끈한 곡선을 드러냈다.

"그럼 이왕 깬 김에……."

음흉한 얼굴로 젝센가드는 침상으로 다가갔다. 미녀가 흠칫 놀랐다.

"어머나! 또요?"

고민은 짧았고, 행동은 신속했다. 예나 지금이나 젝센가드는 젝센가드였다.

미녀를 짓누르며 과거의 영웅은 낄낄 웃었다.

"이리 오거라, 귀여운 것, 흐흐흐."

Chapter 4

호랑이를 잡을 땐
호랑이굴로 들어가면 안 된다

젝센가드는 오늘도 술판을 벌리고 있었다.

"자, 한 잔 따라 보거라!"

"네, 폐하."

백금발을 곱게 단장한 브리안 족 미녀가 공손히 술을 따랐다. 술잔을 들이켜며 그는 기분 좋게 웃었다. 그리고 이내 인상을 구겼다.

"폐하……"

노시종장이 꼬장꼬장한 표정으로 연회장에 나타난 것이다.

귀찮다는 기색을 숨기지 않은 채 젝센가드가 투덜거렸다.

"왜 또?"

"요즘 폐하께서 술자리가 너무 잦은 듯하여……"

"허, 술자리라니?"

얼토당토않은 오해라며 젝센가드는 술잔을 들어 올렸다.

"이것은 죽은 버클리의 넋을 위로하는 추모의 자리라네!"

주름진 시종장의 눈가가 가늘어졌다.

"…한 달째 말입니까?"

죽은 놈 위로한다는 인간이 반라의 미녀를 옆구리에 끼고 쉴 새 없이 명주를 입에 처넣고 있으면, 누가 봐도 그냥 술 먹고 싶어서 먹는 거다.

하지만 젝센가드는 당당했다.

"이것이 바로 무인의 추모인 법이다! 그 친구가 못다 누린 것까지 누려줘야 하지 않겠는가?"

그 무슨 말도 안 되는 소리냐며 토를 달려다가, 노시종장은 입을 다물었다.

실제로 죽은 버클리라면 저 따위 추모로도 충분히 기뻐할 것 같았다. 괜히 유유상종이란 성어가 세세토록 전해져 오는 게 아니다.

젝센가드 맞은편에 앉아 있던 중년 기사, 하이어 켈러가 술잔을 들어 올렸다.

"폐하, 전 단장의 영혼을 위해 제가 한 잔 올리겠습니다!"

연회장엔 젝센가드뿐 아니라 신(新) 혹사자 기사단장과 부단장, 신임 육대장까지 모두 모여 있었다.

이 자리는 죽은 버클리의 추모뿐 아니라 새로운 단장과 대장들의 결속을 다지는 자리이기도 한 것이다. 뭐, 어디까지나 명분이 저렇다는 거고 사실은 그냥 젝센가드가 같이 술 먹고 싶어서 부른 것이지만.

원래 술은 혼자 마셔봐야 별로 재미없다. 다 같이 모여서 떠들며 마셔야 제맛이지.

하이어 켈러가 잔에 담긴 독한 술을 한 번에 비웠다.

"크으~! 좋은 술이군요."

젝센가드가 호탕하게 웃었다.

"실로 사내답도다! 하하하!"

거친 사내들의 웃음소리가 홀 안을 가득 메웠다.

그 광경에 노시종장은 더 이상의 설득을 포기했다. 모름지기 대화란 말이 통하는 상대와 하는 행위다.

"…이만 물러가겠습니다, 폐하."

그렇게 젝센가드는 계속 혹사자 기사들과 술자리를 즐겼다. 난폭하고 무식한 왕이, 난폭하고 무식한 부하들과 어울리니 참으로 술이 달았다.

그러던 중이었다.

홀 안에 염소수염의 40대 사내가 모습을 드러냈다. 젝센가드 앞에 서자마자 사내가 큰절부터 올렸다.

"미천한 신하 켈테론이 위대하신 혁명 영웅 젝센가드 폐하를 뵈옵니다!"

아무리 국왕 앞이라도 고위 귀족이 이렇게까지 비굴하게 구는 경우는 별로 없다. 흑사자 기사들은 무심코 혀를 찼고, 젝센가드는 매우 흡족해했다.

'참 됨됨이가 된 친구란 말이야? 예의도 바르고.'

부드러운 목소리로 젝센가드가 물었다.

"무슨 일인가, 켈테론 공?"

"하이어 버클리를 해한 반역의 무리들을 찾았습니다."

"뭣이라?"

순간 젝센가드가 자리에서 벌떡 일어났다. 그 여파로 테이블이 엎어지며 술과 음식이 바닥을 나뒹군다.

후궁들이 놀라 비명을 질렀다.

"꺄악!"

"어머나!"

하지만 젝센가드는 신경 쓰지 않았다. 취기가 날아간 얼굴로 그가 눈에 불을 켰다.

"말해라! 도대체 어떤 놈들이냐!"

켈테론이 조사한 바에 따르면, 범인은 젝센가드가 예상한 대로 용병왕 바락의 제자였다.

"정녕 폐하의 혜안에 놀라움을 금치 못할 따름입니다."

"그래서 놈의 이름은?"

"아쉽게도 이름은 아직… 검은 거인이라는 호칭으로 불린다는 사실만 확인하였을 뿐인지라……."

"흥, 상관없다! 이름 따윈 목을 자르기 직전에 확인해도 충분하지!"

콧방귀를 뀌며 젝센가드가 채근했다.

"어디 있느냐, 그놈은?"

"그자는 현재……."

용병왕 바락의 제자는 홀몸이 아니라 수많은 추종자를 데리고 있다고 했다. 스승의 명성을 등에 업고 도당을 꾸민 그는 젝센가드 왕국을 붕괴시키기 위한 첫걸음으로 하이어 버클리를 해쳤으며…….

"왕도 라텐셀 서쪽, 분지 너머 그란드 지방의 낡은 고성에 800여 명 정도의 반역도들과 함께 숨어 있다는 정보를 입수했습니다."

"그렇군!"

눈을 부라린 채 젝센가드가 자리에서 일어났다.

"잘했다, 켈테론! 내 그놈들을 당장 처단하리라!"

분노가 강렬한 투기로 화해 홀 안을 가득 뒤덮었다. 하이어 켈러도 함께 흥분하며 물었다.

"친정을 하실 생각이십니까, 폐하?"

"그렇다, 켈러 단장! 당장 군대를 준비하라!"

드로트 부단장과 다른 흑사자 기사들의 눈빛도 변했다. 켈러가 가슴을 두드리며 자신만만하게 외쳤다.

"흑사자 기사단 100에 정병 3,000을 준비하겠습니다!"

순간 켈테론은 당황했다.

'어라? 너무 많은데?'

흑사자 기사의 총원은 150이 조금 안 된다. 그중 100이라면 거의 총 전력이나 다름없다.

'거기에 정병 3,000명이라니?'

자신이 예상한 숫자를 훨씬 초월해 버렸다. 신임 단장인 켈러가 국왕에게 잘 보이려고 과하게 나온 것이다.

'으, 어쩐다?'

켈테론의 잔머리가 빠르게 돌아갔다.

"과연 켈러 단장, 실로 현명한 선택이구려."

전혀 내심을 드러내지 않은 채, 철저히 동의하는 것처럼 군다.

"하이어 버클리를 해할 정도라면 보통 강력한 소드하이어가 아닐 터! 설사 흑사자 100에 정병 3,000이라는 대군을 동원한다 해도 어리석은 국민들이 감히 폐하께서 겁먹었다고 여기지는 못하겠지요."

"…엉?"

흥분하던 젝센가드의 표정이 묘해졌다.

생각해 보니 켈테론 말이 옳았다. 고작해야 천도 안 되는 반역자 무리 따위에 저 정도 대군을 일으키는 것은 너무 과한 일이었다.

"흑사자 50에 정병 1,000을 준비하라, 하이어 켈러."

바로 젝센가드가 말을 바꿨다.

"그 정도면 족하다. 내가 직접 나설 테니까!"

당황한 얼굴로 켈러가 반문했다.

"예? 하지만 폐하, 사자는 토끼를 사냥할 때도 전력을 다하는 법이라 하였습니다."

얄밉게도 그 순간 켈테론이 끼어들었다.

"그렇다고 토끼 한 마리 잡는 데 사자가 수십 마리씩 덤비지도 않잖습니까?"

사실 야생의 사자는 토끼 한 마리 잡을 때도 여러 마리가 몰이사냥을 한다. 제아무리 백수의 왕이라도 배곯으면 별수 없는 것이다.

하지만 젝센가드야 뭐, 그딴 거 모르지.

"켈테론 공의 말이 옳도다! 켈러! 짐의 명대로 군대를 준비토록 하라!"

켈러는 입을 다물었다.

이미 왕은 뜻을 정한 후였다. 더 이상 토를 달 수 없었다.

그리고 사실 켈테론의 말이 틀린 것도 아니었다.

흑사자 50에 정병 1,000이면 딱 국왕의 친정에 어울리는 수준의 병력이다. 그저 하이어 버클리를 대신해 신임 단장이 된 켈러가 자신의 지위를 굳히기 위해 좀 과장했을 뿐.

보다 많은 병력을 일으킴으로써 보다 많은 부하들에게 기회를 주고, 보다 많은 전리품을 얻게 한다. 이는 그대로 단장인 켈러의 권력 강화로 이어지는 것이다.

아마도 그걸 깨달은 켈테론이 귀신같이 파고들어 훼방을 놓은 것이겠지.

'역시 켈테론 공은 만만치 않군.'

내심 투덜거리며 하이어 켈러는 정중히 고개를 숙였다.

"명대로 행하겠습니다, 폐하."

　　　　　*　　　　　*　　　　　*

술자리가 파하고 홀을 나서던 켈러를 켈테론이 붙잡았다.

"잠깐 이야기 좀 할 수 있겠소, 켈러 단장?"

"무슨 일입니까?"

켈테론을 보는 켈러의 표정은 그리 좋지 않았다. 그럴 줄 알았다는 듯 켈테론이 너스레를 떨었다.

"허허, 나도 켈러 단장의 체면을 깎고 싶지는 않았소. 그런데 지금 새 왕궁 건설 때문에 정병을 3,000이나 일으키기엔 예산이……"

'아, 그런 거였나?'

켈러의 표정이 살짝 풀렸다. 확실히 행정을 맡는 입장에선 저 정도 군세는 분명 부담스러웠을 것이다.

"아닙니다. 제가 너무 성급하게 굴었지요."

"이해해 주시니 다행이오, 허허허."

어차피 왕궁을 나서려면 길이 같다. 둘은 어깨를 나란히 하고 복도를 걸었다.

"그런데 하시고자 하는 말씀이 그것뿐이었습니까, 켈테론 공?"

"아, 실은 폐하를 모실 흑사자 기사들에 대한 것인데……"

잠깐 숨을 고른 뒤 켈테론이 물었다.

"켈러 단장이 직접 폐하를 모실 생각이시오?"

"물론입니다. 그 영광된 자리를 어찌 마다하겠습니까? 물론 하이어 드로트는 좀 아쉬워하겠지만 말이죠."

켈러는 씨익 웃었다. 젝센가드의 최측근이 될 기회를 부단장에게 양보할 생각은 없었다.

"그럼 그대의 부관 격으로 육대장 중 두 명 정도가 선출되겠구려?"

"그렇겠지요."

흑사자 기사 50명이라면 딱 두 부대를 합친 정도의 숫자다. 당연히 각 부대의 대장들을 부관으로 대동해야겠지.

"켈러 단장께선 누구를 염두에 두고 있소?"

"하이어 펠리어와 하이어 젠델이라면 훌륭히 폐하를 모실 겁니다."

그러자 켈테론이 의외라는 듯 눈을 치켜떴다.

"펠리어와 젠델이라면, 둘 다 켈러 단장 소속이었던 이들이 아니오?"

둘 다 새롭게 육대장의 지위에 오른 기사들로, 원래는 켈러가 육대장일 때 그의 수하에 있던 이들이다.

무슨 문제라도 있냐는 듯 켈러가 반문했다.

"그렇습니다만?"

켈테론이 고개를 저었다.

"그리 현명한 판단이라 할 수는 없겠구려."

"무슨 말씀이신지?"

"혹여 다른 육대장들이 그들보다 기량이 크게 떨어지오?"

"그렇진 않습니다만."

"그럼 다른 이들이 그들만큼 신뢰할 수 없는 자들이오?"

"그럴 리가 있겠습니까? 흑사자 모두는 폐하에 대한 충성으로 가득 차 있습니다!"

"그럼 다른 이들은 성품이 괴악하여 폐하께 누가 되오?"

켈러는 미간을 찌푸렸다.

이는 전부 대답이 정해져 있는 것이나 다름없는 질문들이었다. 켈러 입장에선 무조건 아니라고 할 수밖에 없다.

"…도대체 무슨 말을 하고 싶으신 겁니까, 켈테론 공?"

차분한 음성으로 켈테론이 말을 이었다.

"그대는 흑사자 기사단의 단장이라오, 하이어 켈러. 더 이상 육대장의 일원이 아니지."

기사로서 국왕의 전투에 직접 참가함은 크게 명예로운 일이다. 단순히 명예로운 걸 넘어서 실질적인 이득 역시 크게 기대할 수 있다. 큰 공을 세우면 온갖 포상과 전리품이 따라올 테니까.

"그런 좋은 기회를, 자신의 수하들에게 우선적으로 부여한다면 과연 다른 이들이 신임 단장을 믿고 따르겠소?"

켈러가 단장의 지위를 굳히고 흑사자 기사단 전체를 장악하려면 편파적인 행보를 보여선 안 되는 것이다. 공평하게, 지도자다운 모습을 보여주어야 한다.

"오히려 켈러 단장과도, 드로트 부단장과도 직접적인 관련이 없어야 공정한 인사가 아닐까 싶소만?"

"그, 그렇군요……."

사실 켈러는 소심하고 겁 많은 켈테론을 은연중 무시하고 있었다. 하지만 막상 이야기를 듣고 있자니 왠지 모르게 말려들게 된다.

'어? 그럼 줄데란과 엘드윈, 리블 중에서 골라야 하나?'

육대장 중 펠리어와 젠델은 왕년 자신의 부대에, 다그란은 드로트의 부대에 속해 있었다.

"하지만 지금 엘드윈은 부상을 입은 상태이니……."

바로 어제의 일이었다.

육대장이 된 엘드윈이 귀가 중에 습격을 당한 것이다.

상대는 하이어 버클리를 해한 '검은 거인'의 일파로 추정되었다.

습격에 맞서 엘드윈은 용맹하게 싸웠고, 습격한 자들은 목적을 이루지 못하고 도주했다. 하지만 그 대가로 오른쪽 다리가 부러져 현재 자택에서 요양 중이었다.

'사실 엘드윈을 끼우려면 못 끼울 건 없겠지만…….'

소드하이어의 회복력에 고위 프런의 치유 기도까지 받았으니 2, 3일이면 도로 쾌차할 것이다. 젝센가드의 군대가 내일 당장 출발할 것은 아니니 사실 시간은 맞출 수 있다.

'하지만 인원이 모자라는 것도 아닌데, 군이 갓 병상에서 일어난 사람을 기용할 이유도 없지?'

켈러는 결정을 했다.

"하이어 줄데란과 하이어 리블이 적임이겠군요."

그리고 켈테론은 그 모습을 음흉하게 바라보고 있었다.

"과연 신임 흑사자 기사단장다운 현명한 선택이시오, 켈러 단장."

"…이것이 젝센가드를 호위할 기사와 군대의 명부입니다."

성시한은 켈테론이 건네는 명단을 받아 빠르게 훑었다. 그리고 혀를 내둘렀다.

"거참, 잘도 쑤셔 박아놓았네?

젝센가드 주위의 인원들이 하나같이 낯익었다. 죄다 요 근래 켈테론이 싸돌아다니며 설득과 협박으로 쿠데타에 끌어들인 인간들뿐이다.

알리타도 감탄한 얼굴로 중얼거렸다.

"어쩜 이렇게 왕 주위에 배신한 인간들만 쏙쏙 처박아 뒀대요?"

어깨를 으쓱이며 켈테론이 잘난 체를 했다.

"듣고 싶어 하는 사람에게 듣고 싶어 하는 이야기를 해주고, 듣기 싫은 이야기를 잘 포장하기만 해도 어지간한 인간은 조종할 수 있는 법이라네, 알리타 양."

켈테론은 공평성을 논하며 이미 포섭해 놓은 줄데란과 리블을 젝센가드의 친위대에 끼웠다.

하지만 만약 줄데란과 리블이 켈러의 직속 수하였다면, 그리고 켈러가 공평성을 위해 둘을 배제했다면 아마 이런 식으로 말했을 것이다.

'이제 갓 신임 단장이 된 입장에서 공평성만을 논하다간 옛 부하의 신뢰도 잃고 새 부하의 믿음도 제대로 챙기지 못하는 법이라오. 우선은 자기 사람부터 확실히 붙잡은 뒤 영향력을 넓혀가는 것이 합리적이지 않겠소?'

어찌 됐든 켈러는 설득당할 운명이었던 것이다.

물론 영리한 사람이라면 저렇게 간단히 휘말리진 않았겠지만, 다행히 흑사자 기사들 대부분은 그들이 모시는 국왕과 성정이 비슷했다.

"무식한 인간이 제 입맛에 맞는 수하들만 거두었는데 거기서 명철함을 기대할 순 없겠지요?"

그리고 만약 켈러가 설득당하지 않았다 해도 문제는 없었다.

"그럼 그 친구도 하이어 엘드윈 꼴 나는 게지요, 크크큭."

엘드윈의 다리 부상 사건은 우연이 아니었다. 실은 천변기로 얼굴을 바꾼 성시한과 알리타의 작품이었던 것이다.

시한이 문득 의아해했다.

"그런데 다리만 부러뜨린 걸로 끝내도 될까? 전력 약화를 위해선 아예 잘라버리는 것이⋯⋯."

생사람의 다리를 자르겠다는 소릴 참 태연하게도 한다. 하지만 엘드윈이 결국 아인츠 왕자 일파의 적이 될 것을 염두에 두면 잔인한 말이라고 할 수도 없다.

"그건 아니죠, 시한."

의문에 답한 건 켈테론이 아니라 알리타 쪽이었다.

"아예 죽이거나 은퇴시켜 버리면 흑사자 기사단도 새 육대장을 뽑을 것 아니에요? 그럼 자연스럽게 줄데란과 리블을 끼워 넣을 수 없죠."

"아, 그게 또 그렇게 되나?"

시한이 눈을 껌뻑였다. 켈테론도 살짝 놀란 표정이었다.

"프리 하이어 출신이라 들었는데 의외로 이런 일을 잘 아는군, 알리타 양? 모르는 사람이라면 암투에 익숙한 왕족이라고 해도 믿겠어."

'으흭!'

뜨끔한 얼굴로 시한은 알리타를 힐끔거렸다.

그녀는 태연했다. 안색 하나 변하지 않고 자연스럽게 대꾸한다.

"책에서 봤어요. 여자가 머리가 좋으면 이상한 건가요, 켈테론 백작님?"

"아, 뭐, 그런 의미는 아니었다네……."

켈테론도 무슨 의도가 있어 저런 질문을 한 건 아니라 자연스럽게 넘어갔다. 시한을 돌아보며 그가 고개를 숙였다.

"이로써 시한 님이 명하신 대로 모든 준비를 끝냈습니다!"

"수고했어."

"수고라 할 것도 없습니다. 별로 어려운 일도 아니었는데요, 헤헤."

비굴하게 웃는 눈앞의 염소수염 중년사내를 보며 시한은 심란해했다.

확실히, 정말로 어려워하지 않은 것 같았다.

'이런 건 좀 어렵게, 맘고생해가면서 양심의 가책도 좀 받고 그래야 되는 거 아닌가?'

그런데 눈앞의 이 작자는 '양심의 가책? 그게 뭔가요? 튀겨 먹는 건가요? 신발도 튀기면 맛있다던데'라는 표정이다.

'이 인간, 진짜 딴마음 못 품도록 신경 써야겠는데?'

하여튼 현 시점에서는 틀림없이 든든한 아군이다.

"그래서 젝센가드는 언제 움직이지?"

"사흘 뒤입니다, 시한 님. 제논 군은 벌써 먼저 이동했습니다".

"그럼 우리도 슬슬 움직여야겠네."

*　　　　*　　　　*

사흘 뒤, 그란드 지방의 한 버려진 낡은 고성.

풍진에 시달려 반쯤 허물어진 옛 성터를 한 무리의 군세가 포위하고 있었다. 대지파괴자 젝센가드가 이끄는 50의 흑사자 기사단과 1,000의 정병들이었다.

비록 나랏일에는 극단적으로 재능이 없는 젝센가드지만, 그렇다고 장수로서의 능력마저 사라진 것은 아니다.

출정 준비가 끝나자마자 젝센가드는 빠르게 움직였다.

야음을 틈타 군대를 이동시킨 뒤 새벽을 기점으로 신속하게 고성을 포위하니, 단잠에 빠져 있던 반역도 무리들은 미처 도망칠 틈조차 없었다.

포위된 고성의 무너진 성벽 사이로 반역도들의 모습이 보였다. 다들 하룻밤 사이 나타난 대군을 앞에 두고 당황한 기색이 역력했다.

말을 몰아 앞으로 나서며 하이어 줄데란이 고함을 터뜨렸다.

"역도들은 당장 무장을 해제하고 항복하라!"

투기의 힘을 빌려 몇 배나 증폭된 목소리가 고성 너머까지 쩌렁쩌렁 울렸다.

"만약 반항한다면 죽음으로도 그 죄를 씻지 못하리라!"

잠시 후 성벽 위에 누군가가 나타났다.

전신을 새까만 갑옷으로 두르고, 새까만 망토를 걸치고, 새까만 투구를 쓴 거구의 기사였다. 어찌나 덩치가 큰지 먼 거리에서 봐도 족히 2m는 되어 보였다.

"항복 따윈 없다!"

마찬가지로 투기를 이용해 고함을 지르며 줄데란의 말에 답한다.

"우리는 끝까지 싸울 것이다!"

전열에서 지쳐보던 젝센가드는 저자가 바로 하이어 버클리를 죽인 용병왕의 제자, 일명 '검은 거인'임을 직감했다.

"정말 커다랗고 시꺼멓구먼? 참 알아보기 쉽게도 생긴 놈일세."

검은 거인이 대검을 뽑아 들며 외침을 이었다.

"타락한 영웅이여! 그대는 더 이상 왕의 자격이 없다! 이 나라의 백성들은 그대의 지배를 거부한다, 젝센가드!"

젝센가드는 비웃음을 흘렸다.

"웃기고 있군."

애초에 지배당하는 주제에 거부권이 있다고 생각하는 게 어이가 없다. 강자 앞에 얌전히 무릎 꿇는 게 힘없는 민초의 도리가 아닌가?

하지만 과거의 영웅은 어느새 잊고 있었다.

저것이야말로 십여 년 전, 혁명 7영웅들이 광제 루스타나드를 향해 터뜨린 외침이었음을.

하이어 켈러가 다가와 물었다.

"어찌하시겠습니까, 폐하?"

일말의 고민도 없이 젝센가드가 대꾸했다.

"정면 돌격."

그의 전투 방식은 혁명군 시절부터 '닥치고 돌진'이 대부분이었다. 당연히 함정에 빠진 적도 한두 번이 아니었고, 그때마다 릴스타인이나 테오란트, 성시한 덕에 간신히 살아 나오는 일이 수두룩했다.

그때의 경험으로 젝센가드는 소중한 교훈을 얻었다.

'아! 함정에 빠져도 친구들이 뒤에 있으면 괜찮구나!'

…뭔가 엉뚱한 방향으로 교훈을 얻어서 문제지만.

이후 젝센가드는 항상 돌격 시 배후에 백업, 원군을 두고 싸웠다. 함정을 경계해 피한다는 사고방식은 여전히 없는 것이다.

말고삐를 쥔 채 젝센가드가 호탕하게 외쳤다.

"하이어 켈러!"

"예, 폐하!"

검과 방패를 뽑아 들며 켈러가 젝센가드 옆으로 와 섰다.

"하이어 줄데란, 하이어 리블!"

굳은 얼굴로 줄데란과 리블도 말을 몰고 다가왔다.

"그대들에게 내 등을 맡기겠다! 뒤처지지 않도록!"

"물론입니다!"

우렁찬 대답 속에 묘한 긴장감이 섞여 있다. 전투에 잔뼈가 굵은 기사들치곤 과하게 긴장한 느낌이다.

하지만 젝센가드는 어색하게 여기지 않았다.

그는 전설의 영웅이었다. 그런 자신과 함께 싸우는 영광된 자리니, 일개 기사였던 줄데란이나 리블이 긴장하는 것은 오히려 자연스럽다.

말 위에서 젝센가드가 폭렬기를 끌어올렸다.

"타아아앗!"

강렬한 투기가 전신을 뒤덮고, 그것도 모자라 그의 애마에까지 깃든다. 초인급 소드하이어는 투기로 살아 있는 생명체의 능력마저도 증폭시킬 수 있는 것이다.

히이이잉!

폭렬기에 힘입어 흥분한 명마가 거칠게 투레질을 했다.

젝센가드는 거대한 두 자루 배틀액스를 뽑아 들었다. 눈부신 백색 투기가 사방으로 빛을 발했다.

소드하이어의 경지가 높아져 투기의 파괴력이 극도로 압축되면, 투기검은 무형의 영역을 뛰어넘어 유형화된 빛으로 발현된다.

그것이 바로 투기강, 초인급 소드하이어의 상징으로 모든 것을 베어버리는 절대적인 파괴의 힘이다.

"흑사자 기사들이여! 그대들의 왕을 따르라!"

＊　　　＊　　　＊

젝센가드와 50의 흑사자 기사들은 낡은 고성을 향해 맹렬히 질주했다. 말발굽 소리가 요란하게 전장을 울렸다.

성벽 위의 검은 기사가 소리쳤다.

"사격 개시!"

곧이어 화살비가 하늘을 뒤덮었다. 강철의 소나기가 돌진하는 기마대를 노리고 매섭게 쏟아졌다.

하지만 효과는 전혀 없었다.

"흥!"

코웃음을 치며 젝센가드가 머리 위로 배틀액스를 들어 올렸다.

"가소롭다!"

비아냥과 함께 도끼를 크게 휘두르니 그것만으로 모든 화살들이 튕겨져 나갔다.

흑사자 기사단 역시 화살이 소용없긴 마찬가지였다.

"전원, 방패를!"

하이어 켈러의 지시하에 일사불란하게 방패를 들어 올린다.

투기가 깃든 방패와 금속 갑주 앞에 화살의 위력은 너무도 약했다. 정말 가랑비라도 되는 듯 맥없이 튕겨져 나갈 뿐이었다.

심지어 흑사자 기사단은 타고 있는 말에도 두꺼운 철갑을 씌워놓아 말을 노리는 것조차 불가능했다.

"하하하! 고작 화살 따위로 무엇을 기대했느냐?"

껄껄대며 젝센가드가 호탕하게 웃었다.

"이 몸을 막으려면 고위 마법이라도 준비했어야지!"

물론 현실적으론 불가능한 소리다. 초인급 소드하이어를 상대하려면 최소 상아탑 7층 이상의 마기언이 떼로 모여 있어야 하는데, 그 정도 되는 고위 마기언이 하찮은 반역도들 사이에 끼어 있을 리가 없다.

단숨에 젝센가드와 흑사자 기사들은 고성의 바로 밑까지 질주했다.

당황한 목소리로 검은 기사가 소리쳤다.

"다들 침착해라! 성벽 앞에는 깊은 해자가 파여 있다! 저대로 계속 달려오진 못할 것이다!"

과연, 성문 앞쪽 올라간 도개교 아래 커다란 해자가 보였다.

폭렬기로 신체 능력이 증폭된 젝센가드의 명마라면 모를까, 흑사자 기사단이 탄 말들은 도저히 넘을 수 없는 깊이와 너비였다.

그러나 젝센가드는 속도를 늦추지 않았다.

"날 너무 우습게 보는군."

그의 전신에서 백색 투기강이 뻗어 나왔다. 강렬한 섬광이 사방으로 쏘아져 대지 깊숙이 처박혔다.

젝센가드가 오른손을 치켜들었다.

"투기진, 거인의 손!"

우르릉!

지진이 일어나며 해자 주위의 대지가 흔들리기 시작했다. 그러더니 이내 바위가 솟구치고 대지가 갈아엎어졌다.

암석으로 이루어진 거대한 손들이 서로 맞잡는다. 두꺼운 손가락들이 맞물려 커다란 길을 형성한다.

젝센가드로 하여금 대지파괴자란 이명(異名)을 갖게 한 능력이 발휘된 것이다.

성벽 위에서 누군가의 탄식이 터졌다.

"맙소사! 어떻게 인간이 저런 능력을……"

순식간에 눈앞에 탄탄대로가 펼쳐졌다. 젝센가드와 흑사자 기사단은 그대로 말을 달려 성문 앞까지 도달했다.

젝센가드가 두 자루 배틀액스를 높게 쳐들어 머리 위로 교차했다. 찬란한 투기강이 도끼날을 통해 광휘를 뿌렸다.

"폭렬기, 격돌!"

그대로 그는 도끼를 내려쳤다. 백색 섬광이 쏟아져 성문을 격타했다.

단 일격에 두꺼운 성문이 수수깡처럼 박살 났다.

콰아아앙!

통나무와 강철을 엮어 만든 두꺼운 성문조차도 젝센가드의 발을 멈추지 못했다. 그야말로 파죽지세, 그 자체였다.

"으하하하!"

광소를 터뜨리며 젝센가드가 고성 안으로 뛰어들었다.

부서진 성문 너머는 탁 트인 성벽 아래쪽 공터였다. 젝센가드는 주위를 둘러보았다.

이내 검은 기사의 모습을 발견할 수 있었다. 분명 조금 전까지 성벽 위에 서 있었는데, 어느새 공터 한복판으로 이동한 후였다.

노성을 터뜨리며 젝센가드가 말을 박찼다.

"네 이놈!"

거리를 좁히며 고함을 잇는다.

"네놈의 목으로 버클리의 넋을 위로하겠다!"

그런데 검은 기사의 반응이 예상외였다.

마주 검을 뽑기는커녕 오히려 뒤로 물러서며 묘한 소리를 지껄인다.

"좋아, 내 역할은 여기까지군."

그때였다.

파아앗!

공터로 뛰어든 젝센가드 주위로 눈부신 빛이 솟구쳤다. 발밑이 요동치며 주위 공기가 거대한 압력이 되어 전신을 짓누른다.

"…어라?"

오랜 경험을 통해 그는 바로 이 압박의 정체를 파악했다.

마법 결계였다.

불만스러운 듯 젝센가드가 입을 삐죽였다.

"뭐야, 또 함정이야?"

공터 전체에 푸른 마법진이 빛을 발하며 결계를 펼친다. 최소 7층 이상의 고위 마기언이 여러 명 모여야 가능한 강력한 결계였다.

그 마법진 너머에 수십의 인원이 포위망을 구축하고 있었다. 전혀 통일되지 않은 차림이었지만 하나만큼은 일치했다.

그들은 전원 투기검을 손에 쥐고 있었다.

"이건 도대체?"

젝센가드와 함께 공터로 뛰어든 하이어 켈러는 당혹스러워했다.

켈테론의 정보와 상황이 전혀 달랐다.

그의 조사에 따르면 검은 거인, 즉 용병왕의 제자를 제외한

다른 반역도들은 모두 일반 병사라 했다. 소드하이어나 마기언은 하나도 없는 오합지졸이어야 하는 것이다.

그런데 지금 보이는 이들은 하나같이 강력한 투기를 발하고 있었다.

투구로 얼굴을 가려 정체를 알 수는 없었지만, 풍기는 기세만 봐도 최소 기사급 이상의 노련한 이들이다.

"크으, 함정이었나!"

켈러는 혀를 찼고, 젝센가드는 태연했다.

그가 자부심마저 깃든 목소리로 외쳤다.

"흥! 내가 이딴 함정 한두 번 걸려본 줄 아느냐?"

그가 굳이 정면 돌파를 고집하는 이유는 단순히 취향에 맞는다는 이유 뿐만은 아니다.

함정이라는 것은 거꾸로 말하면, 적진의 가장 깊숙한 곳이란 의미도 된다. 일단 함정에서 벗어날 수만 있으면 간단하게 상대의 심장을 찌를 수 있는 것이다.

젝센가드가 오만한 웃음을 머금은 채 포위망을 훑어보았다.

"마기언에 소드하이어에… 뭐가 많구만?"

이들이 판 함정은 확실히 뛰어났다. 투기나 마력의 기세만 봐도 쉽게 알 수 있었다.

하지만 마법 결계의 단점은 안쪽에선 손쓸 도리가 없어도 바깥쪽에선 쉽사리 무너뜨릴 수 있다는 것이다. 그리고 현재 마법진 안쪽에 들어선 이는 젝센가드와 켈러뿐이다.

전원 기사급 소드하이어인 젝센가드 왕국 최강의 무력 집단, 50명의 흑사자 기사단은 여전히 결계 밖에 건재하다!

"어리석은 놈들!"

뒤를 돌아보며 젝센가드가 자신만만하게 소리칠 때였다.

"줄데란! 리블! 이 포위망을 부숴 버려……!"

순간 그의 표정이 굳었다.

"어?"

등 뒤에 아무도 없었다. 분명 조금 전까지 함께 성문을 돌파한 50여 기의 흑사자 기사들이 흔적조차 없이 사라져 버렸다.

아니, 애초에 성문으로 함께 들어오긴 했던 걸까?

젝센가드도 켈러도 오직 정면만을 바라보고 달려왔다. 뒤쪽 자체를 신경 쓴 적이 없다!

켈러가 떨리는 목소리로 중얼거렸다.

"…줄데란? 리블?"

대답은 없었다.

이 낡은 고성 안쪽에 아군이라곤 그와 젝센가드, 둘뿐이었다.

치를 떨며 켈러가 노성을 토했다.

"이놈들! 설마 배신한 거냐?"

누군가가 성벽 위로 모습을 드러냈다.

"젝센가드!"

한 무리의 귀족들이었다. 그것도 하나같이 면면이 낯익었다.

크럼블 자작이며 겔란 백작 등, 주로 젝센가드에게 상소를 통해 온갖 잔소리를 해대던 작자들이다.

"그대는 더 이상 왕의 자격이 없다!"

크럼블 자작이 소리쳤다.

"진정한 왕을 섬기기 위해, 이 자리에서 그대를 처단하겠노라!"

젝센가드는 멍한 얼굴로 귀족들을 바라보았다.

"뭐야, 저것들은?"

그 표정 속에 분노의 기색 따윈 없었다.

국왕의 이해심이 하해와 같아, 무도한 신하의 반역조차 납득했다는 소리가 아니다. 꿈에서도 생각해본 적 없는 경우다 보니 현 상황 자체를 이해하지 못한 것이다.

'저놈들이 왜 저기서 저런 소릴 하고 있는 거지?'

그때 젝센가드의 시선에 고성 위쪽 조금 떨어진 탑 창문이 보였다. 염소수염의 중년 사내가 긴장한 얼굴로 그를 내려다보고 있었다.

순간 젝센가드의 표정에 균열이 생겼다. 도저히 믿을 수 없다는 얼굴로 그가 중얼거렸다.

"…켈테론?"

동시에 그제야 현 상황이 이해가 갔다.

함정에 빠졌음을 깨달은 호랑이가 분노의 포효를 터뜨렸다.

"켈테론! 네놈이 감히?!"

＊　　　＊　　　＊

"으힉!"

젝센가드의 노성에 켈테론이 탑 창문에서 한 발 뒤로 물러섰다.

탑 안쪽에 서서 상황을 지켜보던 성시한이 빙그레 웃었다.

"내가 뒤에 있어도 젝센가드의 호통은 무서운 건가?"

"그, 그냥 깜짝 놀랐을 뿐입니다."

가슴을 쓸어내리며 켈테론은 애써 웃었다.

솔직히 그는 이곳에 오고 싶지 않았다.

본인이 굳이 이 자리에 없어도 계획 자체엔 아무런 지장이 없다. 하지만 성시한이 강제로 명령한 탓에 어쩔 수 없이 얼굴을 비치게 되었다.

'젝센가드 앞에서 확실하게 의지를 보이지 않는다면 나도

그대를 완전히 믿을 수가 없다, 켈테론!'

결국 울며 겨자 먹기로 이곳까지 끌려온 켈테론이었다. 그래도 이계구원자에 대한 믿음만큼은 여전히 확고한지, 아직 두뇌가 마비될 정도로 공포를 느끼고 있지는 않은 듯했다.

켈테론이 다시 창밖을 힐끔거렸다.

용병왕 바락의 제자로 알려진 검은 거인. 전신을 새까만 갑옷으로 뒤덮은 거구의 기사가 검을 쥔 채 포위망 한쪽을 담당하고 있는 모습이 보였다.

"제논 군이 의외로 연기력이 출중하더군요."

시한도 전적으로 동의를 표했다.

"그러게, 참 보면 볼수록 새로운 능력이 부각되는 친구라니까?"

그 능력 중에 정작 기사의 기량과는 관련된 게 없어서 그렇지.

'검은 거인'의 정체는 제논이었다. 시한이 아닌 그가 용병왕 바락의 제자를 연기한 이유는 간단했다.

이왕 젝센가드를 함정까지 유인하려면 눈에 확 띄는 거구인 쪽이 더 유리한 것이다. 또한 시한 본인이 분장할 경우 혹여 행동거지나 체형을 통해 정체가 드러날 염려도 있었다.

계획은 성공했다.

젝센가드는 완벽하게 함정에 빠졌다.

줄데란과 리블은 휘하 흑사자 기사들을 인솔해 고성 밖으로 후퇴했다. 천 명의 정예병들은 각자의 지휘관의 명에 따라 고성 밖에서 얌전히 대기 중이다.

그 지휘관들 역시 켈테론의 입김이 닿아 있으니, 고성에서 어떤 신호를 보내도 절대 움직이지 않을 것이다.

이제 이 낡은 고성 어디에도 저들을 도울 이는 존재치 않는다.

성시한이 얼음장 같은 웃음을 지으며 창밖을 내려다보았다.

"잘도 젝센가드를 여기까지 유인했군, 켈테론."

"원래 호랑이 사냥은 미끼로 끌어내 덫으로 유인하는 것이 정석입지요."

켈테론도 실실 웃으며 대꾸했다.

"호랑이 잡겠다고 호랑이굴에 들어가 봐야 잡아먹히기밖에 더 하겠습니까?"

＊　　　＊　　　＊

찬란한 빛의 문양이 공터를 전부 뒤덮는다. 숨 쉬는 공기조차도 부담스러울 정도로 강력한 마법의 결계다.

그 가운데 서서 젝센가드와 켈러는 당황한 표정을 짓고 있었다.

말고삐를 잡아당기며 켈러가 악을 써댔다.

"반역자들! 감히 그대들의 왕을 배신할 셈이냐!"

포위한 소드하이어 중 한 명이 거칠게 받아쳤다.

"그는 우리의 왕이 아니다!"

그 말이 신호라도 된 듯 결계 외곽에 선 열 명의 마기언이 주문을 외우기 시작했다.

"인페르노!"

"라이트닝 스트라이크!"

"인시너레이트!"

지옥의 겁화가 밀려오고 하늘의 우레가 대지를 타고 흐른다. 상아탑 7층의 파괴 마법들이 어우러져 마법진 중앙의 두 사람에게 작렬했다.

콰콰콰쾅!

폭음이 연거푸 일어나며 대기가 화끈하게 달구어졌다. 그 속에서 하이어 켈러의 처절한 비명이 터져 나왔다.

"크아아악!"

폭염이 켈러와 그의 말까지 한꺼번에 휘감았다. 순식간에 인간의 형상이 사라지고 시꺼먼 물체가 그 자리를 대신했다.

참으로 허무한 죽음이었다. 기사급 소드하이어 수준으로는 도저히 저 강력한 마법의 힘을 막을 수가 없었던 것이다.

하지만 젝센가드는 켈러처럼 쉽사리 당하지 않았다.

"어림없다!"

이를 악물며 그는 말 등에서 허공으로 몸을 솟구쳤다. 덕분에 애꿎은 젝센가드의 애마가 숯 더미가 되었다.

공중에서 자세를 잡으며 그는 양손의 도끼를 휘둘러 주위에 투기강을 뿌려댔다. 유형의 투기와 폭염, 전격의 마법이 허공에서 충돌해 폭발했다.

쏘아진 마법을 모두 떨쳐내며 젝센가드는 식은땀을 흘렸다.

저들이 날린 마법은 모두 상아탑 7층 주문이었다. 즉, 저들 역시 전부 7층 이상의 마기언이란 의미다.

'…이놈들은 도대체?'

죄다 평복 차림에 복면을 쓰고 있어 출신을 알아볼 순 없었다. 하지만 적어도 이 마기언들이 적백청흑, 4대 상아탑 중한 곳에서 나왔다는 것만은 분명했다. 방랑 마기언이 제7층의수준까지 올라간 경우는 극히 드무니까.

'어디냐? 어떤 놈이 이 일을 꾸민 거야?'

*   *   *

높은 탑에서 공터를 내려다보며 성시한이 중얼거렸다.

"용케도 저런 고위 마기언들을 포섭했군, 켈테론? 7층 수준쯤 되면 어지간해선 상아탑에서 안 나오려고 할 텐데."

켈테론이 의외라는 표정으로 대꾸했다.

"실은 저도 이 정도까진 기대하지 않았습니다. 그런데 트란
덴 영감이 예상 이상으로 협조를 해주더군요."

저 마기언들은 켈테론이 청의 상아탑으로부터 초청한 이들
이었다.

사교도 토벌 사건을 통해 청색의 트란덴에게 빚을 지운 그
는 그 대가로 상아탑의 원조를 청했다.

조건은 드래곤이라도 붙잡을 수 있을 정도로 강력한 결계
를 칠 수 있는 마기언들.

그런데 트란덴이 보내준 이들의 기량이 상상을 초월했다.
전원 7층 수준이었던 것이다. 이 정도면 오히려 지룡 때 동원
했던 마기언들보다도 고위층이다.

성시한의 눈이 가늘어졌다.

"뭔가 꿍꿍이가 있나 보군, 그쪽도."

"분명 있다고 봅니다."

청색 상아탑에 협조 요청을 할 때 켈테론은 쿠데타에 대한
진실을 감췄었다. 혹여 비밀이 새어 나가기라도 하면 큰일이니
까.

일단 마기언들이 오면 그제야 협박과 뇌물로 거사에 참가시
킬 생각이었다.

그런데 정작 쿠데타에 대해 알게 된 마기언들은 별 동요가 없었다. 아무리 봐도 미리 언질을 들은 듯한 태도였다.

"아마도⋯ 동지들을 포섭하는 과정에서 살짝 새어 나간 모양입니다."

아무리 켈테론이 철두철미하게 비밀을 지키려 해도 쿠데타는 그 특성상 철저히 감춰질 수가 없다. 역사적으로 성공한 대부분의 쿠데타가 속전속결인 이유다.

"특히나 정보에 민감한 상아탑이라면 징후 정도는 충분히 파악했겠지요."

젝센가드를 내려다보며 시한이 코웃음을 쳤다.

"한심하군. 외부인인 청의 상아탑에서도 느낀 징후를 일국의 국왕 주제에 못 알아챘단 말이야?"

"그 정보를 담당하는 게 저였으니까 말이죠."

젝센가드의 행정을 전담한 것이 바로 켈테론이었는데, 그 당사자가 왕의 눈과 귀를 가렸으니 알아챌 방법이 있을 리 있나?

"그래도 명색이 국왕인데 신하 한 명에게 몽땅 권한을 줄리 없잖아? 분명 정보를 담당하는 다른 신하도 있었을 텐데?"

"네, 있긴 있습니다. 그런데⋯⋯."

켈테론이 멋쩍은 듯 머리를 긁었다.

"귀찮다고 그쪽도 저보고 관리하라더라고요."

"……."

기가 막혀 시한은 입을 벌렸다.

무지는 죄가 아니라는 말이 있는데, 누군가의 위에 선 자가 무지한 것은 확실히 죄다. 그것도 크나큰 죄악이다.

켈테론이 창밖의 눈치를 보며 말을 이었다.

"당장은 잘된 일입죠. 덕분에 보다 확실하게 젝센가드를 처리할 수 있게 됐으니."

*　　　　　*　　　　　*

쌍도끼를 쥔 채 젝센가드는 성벽 위의 귀족들을 바라보았다. 흥분한 호랑이처럼 으르렁대며 그가 분노를 터뜨렸다.

"누구냐? 릴스타인? 카렌? 누가 네놈들을 꼬드겼느냐?"

그 말에 답한 건 성벽 위의 귀족들이 아니었다.

"어이없구려, 젝센가드."

포위망을 구축하고 있던 소드하이어 중 하나가 앞으로 나서며 소리쳤다.

"핍박받는 백성들이 참다못해 들고 일어선 것을 어째서 타국의 음모로만 보는 것이오? 십 년 전 그대가 제국과 맞서 싸우던 이유가 이것이었는데!"

준엄하기까지 한 외침이었다. 하지만 젝센가드의 귀엔 허튼

소리로밖에 들리지 않았다.

"내가 뭘 했다고? 멀쩡히 왕 노릇 잘만 하고 있었는데?"

황소처럼 눈알을 껌뻑거리는 표정이, 본인은 진심으로 왕 노릇을 잘하고 있었다고 생각하는 모양이다.

"하! 말이 통하질 않는구나!"

소드하이어의 투구 사이로 깊은 한숨이 새어 나왔다. 젝센가드의 눈이 가늘어졌다.

"그 목소리, 이제 기억난다……."

투구의 면갑 때문에 이제껏 알아볼 수 없었지만 익숙한 목소리였다.

"크펄스! 네놈이었구나!"

그뿐만이 아니다. 자신을 향해 검을 겨눈 다른 소드하이어들 역시 대부분 아는 놈들이다.

한때 젝센가드의 밑에서, 그와 함께 혁명의 기치를 세웠던 과거의 부하들. 그를 국왕으로 추대한 뒤 은퇴해 고향으로 돌아간 이들이었다.

설마 부하 따위에게 뒤통수를 맞을 거라곤 생각도 하지 못했다. 젝센가드가 격분해 소리쳤다.

"내 네놈들을 아껴주었거늘! 감히 주인에게 이빨을 들이대?"

그러자 소드하이어들이 투구를 벗고 얼굴을 드러냈다.

"주인이라고?"

"어째서 당신이 우리의 주인이지?"

당당히 정체를 드러내고 목소리를 높인다. 이들이 투구를 쓴 이유는 어디까지나 방어를 위해서지, 얼굴을 가리기 위해서가 아니다.

"십 년 전까지만 해도 당신은 우리의 대장일 뿐이었어!"

"대장이 병신 같으면 뒤에서 목 따는 게 용병계의 철칙 아니던가?"

일국의 국왕이자 명성이 자자한 혁명 영웅, 내지파괴자 젝센가드를 앞에 두고도 이들은 전혀 전의를 잃지 않았다.

이미 한 번 절대 군주, 광제 루스타나드를 향해 검을 들어 본 이들이었다. 십 년 전에도 했던 일을 다시 못 할 이유가 뭐가 있을까?

"이, 이 자식들이?"

당황한 젝센가드를 향해 소드하이어들이 일제히 투기검을 펼쳤다. 요란한 기합 소리와 함께 수십 줄기 투기의 칼날이 젝센가드에게 날아들었다.

"타아아앗!"

*　　　　*　　　　*

날뛰는 젝센가드를 내려다보며, 성시한이 어딘가의 뉴스 앵커 같은 말투로 비아냥거렸다.

"오, 순간적인 상황 변화를 받아들이지 못하고 욕설과 함께 격한 반응이 터져 나오고 있군."

뜬금없는 말에 켈테론이 눈을 깜빡였다.

"무슨 말씀이십니까, 시한 님?"

"아, 그냥 헛소리야."

손을 저으며 시한은 다시 공터 쪽으로 시선을 옮겼다.

수십 명의 소드하이어에게 포위되어 젝센가드는 맹렬히 싸우고 있었다. 그야말로 사냥꾼들에게 포위된 호랑이를 보는 듯한 광경이었다.

"으아아아!"

격노하며 젝센가드가 손에 쥔 배틀액스를 거칠게 휘두른다. 백색 투기강이 찬란한 빛을 발하며 눈앞의 투기검과 충돌한다.

상대의 경지는 고작해야 기사급, 감히 대적하지 못하고 부딪힌 소드하이어가 뒤로 날려갔다.

"크억!"

하지만 쓰러지진 않았다. 충격은 받았지만 비틀거리면서도 다시 검을 쥔다.

상식적으로 있을 수 없는 일이었다. 초인급 소드하이어의 투기강이라면, 기사급 따윈 일격에 두 동강이 나야 정상이었다.

젝센가드가 신음 섞인 욕설을 흘렸다.

"젠장! 이 빌어먹을 결계가……."

공터를 뒤덮은 거대한 마법진 '고룡잡이 덫'이 그의 힘을 극도로 제약하고 있었다.

수백 년 묵은 고룡을 처치하기 위해 만들어진 결계 마법인 만큼 아무리 초인급 소드하이어라도 결코 무시할 수 있는 수준이 아니었다.

시한이 혀를 내둘렀다.

"저 정도 위력의 결계라니, 돈깨나 깨졌겠는데?"

"덕분에 마차 한 대분의 황금과 보석이 날아갔지요."

고룡잡이 덫은 그 어마어마한 위력만큼이나 필요한 마법 촉매의 비용도 어마어마한 것이다. 그러나 켈테론은 그리 아깝다는 표정을 짓지 않았다.

"물론 그만큼 도로 수금할 겁니다."

이미 머릿속으로 손익 계산을 끝낸 후였으니까.

"왕국 제1의 부호, 크라마톤 공작의 재산이라면 이 정도는 충분히 메우고도 남음이 있습죠."

*　　　　*　　　　*

왕도 라텐셀의 북쪽 거리의 거대한 저택.

젝센가드 왕궁을 제외하곤 왕도에서 제일 크고 화려하다는 크라마톤 공작가 곳곳에서 불길이 치솟고 있었다.

검은 연기 속으로 수백에 달하는 기사와 병사들이 중무장을 한 채 저택을 누빈다. 사방에서 비명과 아우성이 울려 퍼졌다.

"으아악!"

"사람 살려!"

대부분 공작가의 가신과 식솔들이었다.

수백의 침입자들 앞에 그들은 어떤 저항도 하지 못하고 죽어갔다. 공작가의 충성스런 기사와 병사들이 애써 맞서 싸웠지만, 모두 헛수고였다.

왜냐면 지금 쳐들어온 침입자들은 바로 왕국 최강의 흑사자 기사들과 수도경비대의 병력들이었으니까.

켈테론의 입김은 비단 하이어 줄데란과 리블에 국한되지 않았다. 그와 손잡은 귀족들 중엔 흑사자 기사나 수도경비대에서 일하는 이들도 상당했다.

덕분에 쿠데타 세력엔 40명이 넘는 흑사자 기사와 500이 넘는 수도경비대 병력도 포함되어 있었다.

정면으로 왕도 라텐셀을 도모하기엔 부족하지만, 내부에서 뒤엎기에는 충분한 전력이었다.

저택 깊숙이 뛰어든 흑사자 기사의 눈에 당황한 40대 후반의 사내가 보였다. 저택의 주인, 크라마톤 공작이었다.

"크라마톤 공작을 발견했다!"

공작이 눈을 부라리며 고함을 터뜨렸다.

"어째서 우리 가문을 노린 것이냐?"

"모든 것은 이 나라의 앞날을 위해서다!"

수십 개의 칼날이 공작을 포위한다. 하지만 크로마톤 공작은 움츠러들지 않았다.

그는 공작위에 오른 왕국 최고의 귀족이며 동시에 왕비의 아버지이기도 했다. 국왕의 장인씩이나 되는 자신이 이런 하찮은 것들에게 굴복할 이유가 없다!

"어리석은 놈들! 감히 왕도 한복판에서 이런 끔찍한 참상을 저지르다니?"

권위를 가득 담아 공작이 기세등등하게 소리쳤다.

"당장 검을 내려놓고 용서를 빌지 못할까!"

그리고 기세등등한 표정 그대로 목이 잘린 채 칼끝에 매달리는 신세가 되었다. 권위 따위가 날아드는 칼날을 막아주지는 못했던 것이다.

검을 높이 든 채 흑사자 기사가 고함을 터뜨렸다.

"왕국의 적을 참수했노라!"

　　　　*　　　　　*　　　　　*

　머리 위로 거대한 두 자루의 배틀액스를 교차해 들어 올린다. 그대로 젝센가드가 도끼를 좌우로 떨쳤다.

　"폭렬기, 용권풍!"

　투기의 소용돌이가 광폭하게 불어닥쳤다. 덤벼든 수십의 소드하이어가 일제히 튕겨 나가 바닥을 나뒹굴었다.

　애써 몸을 일으키며 소드하이어들이 기가 차 중얼거렸다.

　"크, 이 안에서도 저 정도 위력이라고?"

　"정말 초인급의 소드하이어는 상식에서 벗어난 존재구만……."

　하지만 젝센가드 역시 편안한 얼굴은 아니었다.

　결계 속에서 무리하게 투기를 끌어올린 탓에 전신에 식은땀이 흐르고 있었다. 과하게 기력을 소모한 것이다.

　숨을 헐떡이며 그가 소리쳤다.

　"이런 짓을 저지르고도 무사할 것 같으냐?"

　포위한 소드하이어들과 마기언, 그리고 성벽 위의 귀족들을 향해 진노를 터뜨린다.

　"설사 내가 이 자리에서 죽는다 해도, 네놈들 역시 살아남지 못할 것이다!"

　비록 함정에 빠지긴 했지만 젝센가드는 여전히 이 나라의 왕이었다. 이 사건이 알려지면 충성스런 왕국의 기사와 병사들이 결코 가만있지 않을 터!

"내겐 아직 흑사자 기사단과 수만의 군대가 있다!"

그러자 크럼블 자작이 고개를 저었다.

"그럴 일은 없을 것이오, 젝센가드."

흥분한 젝센가드와 대조적으로, 지극히 침착한 얼굴로 그가 말을 이었다.

"이미 그들은 새로운 왕을 모시고 있을 테니까."

*　　　　*　　　　*

왕도 라텐셀의 중앙궁, 더블 액스 팰리스.

쌍도끼 궁이라는, 참으로 조악하다 못해 부끄럽기까지 한 명칭을 지닌 이 궁성 홀에서 한 사내가 한 기사를 노려보고 있었다.

"계속 저항할 셈인가, 하이어 드로트?"

흑사자 기사단의 신임 부단장, 하이어 드로트는 당황한 얼굴로 주위를 두리번거렸다.

쳐들어온 적도, 막으려는 아군도 모두 흑사자 기사들이었다. 바로 어제까지만 해도 어깨를 마주한 채 검을 연마했던 동료들이 서로 갈라져 검을 겨누고 있다.

드로트는 이 상황을 연출한 눈앞의 사내를 바라보았다.

"아인츠 왕자님……."

기사의 의무대로 검을 뽑아 들긴 했지만, 과연 어찌해야 할지 판단이 서질 않는다.

상대는 그가 충성을 맹세한 왕의 아들이었다. 명예로운 충성 의식의 범위 안인 것이다.

홀 내엔 드로트 말고도 수십의 흑사자 기사들이 어찌해야 할지를 몰라 상황만 지켜보고 있었다.

"흑사자 기사단, 왕국의 진정한 수호자들이여."

아인츠가 진지한 얼굴로 입을 열었다.

"나는 아버님을 배신하려는 것이 아니다. 단지 아버님을 현혹하는 간신배들을 물리치고 이 나라를 올바르게 바꾸려 할 뿐!"

말하면서도 그는 속으로 어색해했다.

'사실 이 말대로라면 제일 먼저 물리쳐야 할 간신배가 바로 켈테론인데…….'

하지만 여기서 '젝센가드가 내 아버지긴 한데, 너무 병신이야. 그래서 조져야겠으니 다들 닥치고 있어!'라고 할 수는 없다.

모조리 신하들 탓으로 돌리는 수밖에.

잠시 후 하이어 드로트를 비롯한 흑사자 기사들이 하나둘

검을 거두었다.

"알겠습니다, 왕자님. 일단은 폐하의 귀환을 기다리겠습니다."

"현명한 판단이오, 하이어 드로트. 이걸로 불필요한 피를 흘리는 일을 막았구려."

아인츠는 부드럽게 웃었다. 이걸로 일단 왕궁을 장악하는 건 성공했다.

하지만 이는 어디까지나 임시일 뿐, 따지고 보면 반쪽짜리도 못 되는 성공일 뿐이다.

만약 고성으로 향한 켈테론 일파가 실패한다면 이 모든 일들은 허사가 될 것이며, 그는 친부에 의해 교수대에 목이 매달리겠지.

젝센가드는 결코 자신의 핏줄이라 해서 관대함을 보이는 자가 아니니까!

한숨을 쉬며 아인츠가 하늘을 올려다보았다.

'후우, 부디 저쪽 일이 잘되어야 할 텐데…….'

예리한 투기검이 연신 날아든다. 무수한 마법이 허공을 수놓는다. 보이지 않는 마력이 사지를 묶고 전신을 억누른다.

"으아아아!"

공세 속에서 젝센가드는 광포하게 날뛰었다. 수십 줄기의 백색 투기강이 유성처럼 내리꽂혀 대지를 사정없이 파헤쳤다.

폭음이 울리고 또 울렸다.

콰콰콰쾅!

하지만 포위망은 전혀 뚫리지 않았다.

마기언의 결계는 여전히 거대한 산악처럼 어깨를 짓누르고, 그를 배신한 '더러운 들개'들은 상처 입고 피를 흘리면서도 여전히 날카로운 이빨로 주인을 물어뜯으려 혈안이 되어 있다.

젝센가드의 기세가 점점 꺾여갔다.

단순히 지쳤기 때문만은 아니다. 그보단 크럼블 자작의 마지막 한마디가 더 영향이 컸다.

"우리는 진정한 지도자, 아인츠 왕자님을 따르고 있소!"

정신없이 양손의 배틀액스를 휘두르며 젝센가드는 암담해했다. 이 상황에 현실감이 없었다.

'어째서? 왜 내 피를 이어받은 아들이 나를?'

그토록 믿었던 아들이었다.

그토록 믿었던 수하들이었다.

아니, 믿음이라는 단어는 좀 틀릴지도 모르겠다. 아예 의심 자체를 해본 적이 없었으니까.

그들 모두가 지금 자신을 향해 칼을 들이대고 있었다. 하나같이 자신에게 충성을 바쳤던, 꿀처럼 다디단 아부를 떨어댔던 귀족들이다.

"켈테로로오온!"

특히나 저 멀리 탑 위에서 몸을 숨긴 채 힐끔거리는 염소수염의 사내!

"네놈이 감히 나를 배신해?"

밀려오는 배신감에 젝센가드는 치를 떨었다.

"죽여 버리겠다!"

상처 입은 호랑이의 울부짖음이 허공을 쩌렁쩌렁 울렸다.

"모조리 죽여 버리겠어!"

상황을 지켜보던 켈테론이 기겁하며 젝센가드의 시야를 피해 탑 안쪽으로 몸을 숨겼다.

"으힉!"

절대 공격이 닿을 거리가 아닌데도 다리가 후들후들 떨리고 식은땀이 줄줄 흐른다.

반면 성시한은 창가에 몸을 반쯤 가린 채 날뛰는 젝센가드를 내려다보는 중이었다.

자신을 배신한 과거의 친구가, 믿었던 모든 이들에게 배신당해 절망과 분노를 터뜨리고 있다. 당황과 경악 속에서 이를 가는 그 모습은…….

"하하하…….'

실로 통쾌했다!

한때는 서로를 위해 목숨도 내줄 수 있다고 믿었던 사이였다. 그래서 막상 젝센가드를 만나면, 불구대천의 원수를 바라볼 때처럼 순수한 분노와 복수심을 가질 수는 없을 것이라고도 생각했다.

그런데 눈앞에 닥쳐보니 그게 아니다.

과거에 쌓았던 두터운 우정보다, 지금 이 순간의 얄팍한 충족감이 훨씬 크다!

"역시 난 어쩔 수 없는 저열한 인간인가? 그래, 인정할 수밖에 없네."

복수는 아무것도 낳지 못한다는 말이 있다.

그 끝에 있는 것은 허망함뿐이니, 복수 따위에 얽매이지 말고 스스로의 삶을 사는 것이 진정 올바른 선택이라는 말도 있다.

저것도 틀린 소리는 아닐 것이다.

진심으로 복수를 포기할 수 있다면, 그리고 상대를 용서할 수 있다면 말이지.

"역시 난 그런 인격자는 될 수 없어. …그런 한심한 인격자가 될 생각도 없고."

중얼거리며 성시한은 계속 상황을 내려다보았다.

시간이 지날수록 젝센가드가 몰리는 기색이 역력했다. 시한이 혀를 찼다.

"쯧쯧."

피투성이가 된 배신자를 보는 것은 분명 유쾌한 일이었지만, 그렇다고 이 자리에서 젝센가드가 쓰러지는 것은 원한 바가 아니었다.

"힘 좀 내봐, 젝센가드."

이 결계는 어디까지나 밑밥을 까는 것일 뿐이다.

남의 손을 빌려 복수할 생각이었다면 애초에 그 고생해 가면서 테라노어로 돌아오지도 않았다.

"넌 이 정도로 쓰러질 놈이 아니잖아?"

*   *   *

상처투성이의 몸으로 젝센가드는 사방을 두리번거렸다. 배신과 몰이해의 감정 속에서 허우적대는 동안 벌써 수십 개의 자상이 전신에 새겨진 상태였다.

물론 포위한 소드하이어들 역시 무사하진 않았다.

다들 심각한 부상을 입고 있다. 서로를 독려하며 그들이 소리쳤다.

"조금만 더 힘내시오!"

"저자는 이제 이빨 빠진 호랑이일 뿐이오!"

순간 젝센가드의 눈에서 섬뜩한 안광이 흘러나왔다.

"뭐가 어쩌고 어째?"

그는 분명 함정에 빠진 호랑이였지만…….

"투기진, 거인의 손!"

그렇다고 이빨 빠진 호랑이는 아니다!

쿠르르릉!

공터 곳곳에서 바위가 솟구쳤다. 암석으로 이루어진 십여 개의 거대한 손이 손가락을 활짝 벌리며 소드하이어들을 움 켜쥐려 시도했다.

"헉!"

"피해! 투기진이다!"

기겁하며 소드하이어들이 사방으로 몸을 날렸다.

그 속엔 검은 갑옷으로 전신을 무장한 제논 역시 끼어 있었 다. 유인 역할이 끝나자 포위망의 일부로서 조력을 더하고 있 었던 것이다.

'으헉! 이거 그때 그거잖아!'

괴력을 지닌 거구의 레오칸을 무슨 과일 주스처럼 간단히 쥐어짰던 어마어마한 기술이다. 아무리 투기 갑옷이라도 방어 할 수 있을지, 어떨지 알 수 없다.

한 번 봐두었던 덕분에, 아슬아슬하게 제논은 공세를 피했 다. 하지만 모든 소드하이어가 그럴 수 있었던 것은 아니었다.

다섯 명의 소드하이어가 미처 몸을 빼지 못하고 거인의 손 에 붙잡혔다. 젝센가드가 눈을 부라리며 도끼를 쥔 오른손을 거세게 휘둘렀다.

"으깨주마!"

이대로라면 붙잡힌 소드하이어들이 동물성 케첩 신세가 될 판이었다. 다급하게 제논이 투기를 끌어올렸다.

"타아아앗!"

그대로 대검을 풍차처럼 휘두르며 땅을 향해 내리찍는다.

"파산기, 경파!"

순간 땅이 넘실대며 다섯 줄기 충격파가 대지를 타고 뻗어 갔다. 진동이 실린 충격파가 거인의 손, 대지와 연결된 손목 부분을 강타했다.

시한으로부터 들었던 거인의 손의 약점 부분이었다.

"제발 부서져라!"

악을 쓰며 제논이 모든 힘과 투기를 일격에 실었다. 거인의 손목에 금이 가며 투기진이 붕괴됐다.

아슬아슬하게 붙잡힌 이들이 도로 풀려나 신음을 흘렸다.

"크, 크윽!"

"고맙소……."

다른 소드하이어들이 놀란 눈으로 제논을 돌아보았다.

"아니, 저건?"

"파산기에 저런 용법도 있었던가?"

젝센가드의 눈빛도 매서워졌다.

저 '검은 거인'이란 놈이 진짜 용병왕 바락의 제자가 아니란

건 이미 알고 있었다. 척 봐도 패왕기의 기운 따윈 전혀 없고, 흔해 빠진 파산기의 투기만 느껴질 뿐이었으니까.

그래서 그냥 허수아비였다고 생각하고 무시했는데…….

'어떻게 저놈이 저런 기술을?'

지금 상대가 보인 투기술은 테라노어 전역에 널리 퍼진 '보급용 파산기'가 아니었다. 그보다는 오히려 파산기의 오리지널, 폭렬기에 더 가까운 형태다.

의문이 치솟았지만 젝센가드는 이내 지웠다.

지금 한가하게 호기심이나 떠올리고 있을 때가 아니었다.

투기진을 펼친 덕분에 포위망 일부가 무너졌다. 몸을 빼낼 절호의 기회인 것이다.

"타아아앗!"

다시 한 번 모든 투기를 끌어올리며 젝센가드는 양 도끼를 허공에 교차했다. 그리고 십자 형태로 베어내며 투기강을 쏘아냈다.

"폭렬기, 공성추!"

무술이라기보다는 차라리 마법에 가까운, 대포와도 같은 투기강이 포위망 서쪽에 작렬했다. 자리를 지키고 있던 소드하이어와 마기언들이 일제히 날려가며 비명을 터뜨렸다.

"크아악!"

그 틈에 젝센가드는 대지를 박차고 날아올랐다. 숨이 턱 끝까지 차올랐지만 이 기회를 놓치면 두 번 다시 이 자리를 벗어날 수 없을 것 같았다.

마기언들이 당황하며 고함을 질렀다.

"놈이 달아난다!"

"막아!"

상아탑 7층의 강력한 파괴 마법들이 허공에 뜬 젝센가드를 향해 쏘아졌다. 하늘이라도 날 수 있지 않는 한 도저히 피할 수 없는 타이밍이었다.

그때였다.

젝센가드가 폭렬기 대신 다른 투기술을 꺼내 들었다.

"광풍기!"

원래 광풍기는 신체를 가볍게 하고 빠른 질주 능력을 주는 투기술이다. 하지만 초인급 소드하이어가 전개하자 전혀 다른 양상이 펼쳐졌다.

부우우웅!

투기가 돌풍이 되어 젝센가드의 거구를 허공으로 띄웠다. 초인급쯤 되면 투기의 형태뿐만 아니라 속성마저도 바꿀 수 있는 것이다.

물론 그렇다고 새처럼 마음껏 날 수 있다는 건 아니지만, 적어도 잠시 허공에서 움직일 정도는 된다.

"허업!"

날아드는 마법을 피해 젝센가드가 포위망을 뛰어넘었다. 마기언들이 경악해 난리를 쳐댔다.

"아뿔싸!"

"놈이 결계를 벗어났다!"

"막아! 막으라고!"

허겁지겁 소드하이어들이 결계 서쪽으로 달려온다. 숨을 헐떡이며 젝센가드는 잠시 주위를 두리번거렸다.

"헉헉헉……."

마법진을 벗어나 제대로 힘을 쓸 수 있게 되긴 했지만 너무 지친 상태였다. 부상도 적지 않았다.

'일단은 이 자리를 피해야겠군.'

젝센가드는 다시 땅을 박차고 날아올랐다.

단숨에 그의 거구가 고성 성벽 위쪽까지 다다랐다. 일단 결계를 벗어나 다시 힘을 쓸 수 있게 되었으니 아무리 지쳤다 해도 이 정도 움직임쯤은 아무것도 아니었다.

성벽 위에 서서 그는 주위를 훑어보았다. 자신이 끌고 온 흑사자 기사와 병력을 찾는 것이다.

하지만 고성 주위엔 아무도 없었다.

흑사자 기사야 그렇다 쳐도, 천이나 되는 병사들이 흔적도 없이 사라졌다.

'도대체 저놈들이 무슨 짓을 한 거야?'

머릿속이 혼란스러웠지만 한 가지는 확실했다. 결계를 벗어났다 해도 여전히 자신은 불리한 상황이었다.

'어쩔 수 없군.'

이젠 달아나는 것 외엔 선택지가 없다. 젝센가드는 고성 성벽을 뛰어내렸다.

등 뒤로 누군가의 외침이 들려왔다.

"젝센가드가 달아난다!"

'제길! 이 몸이 누군가를 피해 도망가게 될 줄이야.'

하지만 아무리 생각 없이 사는 젝센가드라도, 여기서 버티고 있어봐야 결과가 뻔하다는 건 알 수 있다.

치욕에 몸을 떨며 그는 계속 광풍기를 전개해 고성 밖을 질주했다. 격노 가득한 마지막 외침이 메아리가 되어 허공 가득 울렸다.

"두고 보자, 이 반역자 놈들!"

＊　　　　＊　　　　＊

켈테론이 탑에서 공터로 내려온 것은, 도주한 젝센가드가 모습을 감추고 저 멀리 지평선 너머로까지 사라진 후였다.

부상당한 소드하이어와 마기언들 사이를 지나 성벽 위로 올라간다. 모여 있던 귀족들이 켈테론을 발견하고 걱정스런 얼굴로 모여들었다.

크럼블 자작이 근심을 담아 중얼거렸다.

"고룡잡이 덫으로도 젝센가드를 죽이는 것은 무리였군요. 역시 초인급 소드하이어……."

다른 귀족도 겁먹은 얼굴로 물었다.

"정말 괜찮은 거요, 켈테론 공? 혹시나 계획이 어긋나기라도 하면……."

"맹수는 상처 입을수록 사나워진다고 하지 않았소?"

덫에 걸린 호랑이가 탈출했으니 다들 겁에 질리지 않을 수 없었다. 그러나 켈테론은 태연했다.

"다들 걱정 마시구려. 모든 것이 계획대로니까."

처음부터 그는 이 정도 함정으로 젝센가드의 숨통을 끊기는 힘들다고 예상하고 있었다.

물론 소드하이어나 마기언들에겐 비밀이었다. 열심히 목숨 걸고 싸우는 사람들에게 '당신들이 열심히 싸워봤자 어차피 젝센가드는 못 죽여요'라고 말해봤자 좋을 일 없으니까.

그 덕에 함정은 충분히 제 역할을 했다.

기대했던 만큼 젝센가드를 부상 입히고, 예상했던 만큼 그의 기력을 깎아냈으며, 원했던 대로 그를 도주하게 만들었다.

"아무리 젝센가드의 횡포가 극심했다 해도 그는 우리가 섬기던 국왕입니다. 그런 이가 죽는 광경을 여러 명이 목격하게 되면 그 파장이 적지 않을 터."

현재 왕궁을 장악하고 있는 아인츠는 어디까지나 쿠데타의 목표가 젝센가드가 아닌, 국왕의 현안(?)을 어지럽히는 간신 무리를 척결하는 것이라며 저항 의지를 불식시키고 있다.

즉, 젝센가드는 죽는 것보다 사라져 주는 것이 훨씬 좋다. 아니면 적어도 '사라진 것처럼' 보이든가.

"젝센가드가 어디로 향할지는 이미 알고 있다오."

귀족들을 둘러보며 켈테론이 자신만만한 표정을 지었다.

"진정한 용병왕 바락의 후계자가 그곳으로 향하고 있지."

귀족들이 웅성거렸다.

"그 쌍검의 션 스테인 말인가?"

"하이어 버클리를 죽였다는……."

"그렇지만 아직 20대 후반의 젊은 나이라 들었는데……."

크럼블 자작이 미심쩍은 표정으로 물었다.

"정말 그자가 젝센가드를 해치울 수 있을까요, 켈테론 공?"

비록 젝센가드가 지치고 상처입긴 했다지만, 전설의 혁명 7 영웅 중 하나로 초인급 소드하이어 중에서도 최상위에 다다른 자다. 하이어 버클리와는 격이 달라도 너무 다른 것이다.

"초인급 소드하이어는 무슨 일을 벌일지 모르는 괴물 중의 괴물이거늘."

귀족들의 근심은 충분히 타당하고 상식적이었다. 켈테론 역시 사정을 몰랐다면 비슷한 표정을 지었을 것이다.

하지만 그는 당당할 수 있었다.

"문제없소."

한 줌의 근심 걱정조차 없이 단호하게 선언한다.

"젝센가드는 아무도 모르는 곳에서 사라질 것이며, 시체조차 남기지 못할 것이오. 그의 악명만 테라노어에 남아 세세토록 전해질 것이고, 그의 영웅적 위업은 한 줌 먼지가 되어 사서들 사이에서만 오가게 되겠지!"

기백마저 느껴지는 그의 목소리에 귀족들이 안도의 표정을 지었다.

"오오!"

"그렇군!"

"그 정도란 말인가!"

켈테론의 말이 신뢰에 차 있다거나, 그의 계획이 실로 치밀해 걱정이 사라져서는 아니었다. 입으로야 누군들 뭔 말을 못할까?

이들이 안심하는 부분은 따로 있었다.

'이럴 수가?'

'저 겁 많은 작자가 저렇게 명민하게 머리를 굴리다니?'

'심지어 말도 안 더듬었어!'

'정말 눈곱만큼도 공포를 느끼고 있지 않은 게 분명하군!'

극도의 소심함으로 무장한 켈테론이 저 정도의 자신감을 보인다?

그야말로 세상만사 모든 것을 고려하고, 온갖 변수를 계산하고 또 계산한 뒤, 완벽한 확신을 얻은 후에야 보일 수 있는 태도인 것이다.

'충분히 믿을 만하다!'

안도한 얼굴로 크럼블 자작이 말했다.

"그렇다면 우리도 라텐셀로 돌아갑시다. 이 나라의 진정한 왕을 배알하기 위하여!"

안도한 귀족들이 걸음을 옮기기 시작했다.

나란히 걸어가던 켈테론이 무심코 고성의 서쪽 하늘을 올려다보았다. 태양의 위치를 가늠해 대략적인 현 시간을 파악한다.

'음, 시한 님과 알리타 양은 아직 그를 쫓고 있겠군.'

Chapter 5

젝센가드

젝센가드는 숲속을 달리고 있었다. 사방이 오래된 거목들
로 둘러싸인 빽빽한 숲이었다.

　"헉, 헉……."

　거친 숨을 내쉬며 그는 뒤를 살폈다.

　일단 겉보기엔 추적대는 없는 것 같다. 시야에도, 기감에도
군대의 기척 따윈 느껴지지 않는다.

　하지만 안심할 순 없었다.

　젝센가드가 기척을 감지할 수 있는 범위는 최대한 정신을
집중해도 100m가 채 되지 않았다. 사실 이것도 그가 초인급

소드하이어이기에 가능한 어마어마한 범위다.

성시한의 기감 영역이 워낙 비상식적이라 그렇지, 왕년 시한과 동급이었던 론다르크 장군이나 용병왕 바락도 감지 범위는 최대 150m 정도였다.

그러니 당장 보이지 않는다 해서 추적대가 없다는 보장은 없다. 좀 더 안전한 장소를 찾을 필요가 있는 것이다.

일단 기력을 회복하고 상처를 돌보고 나서야 저 간악한 배신자들을 처단할 수 있으리라.

"두고 보자, 빌어먹을 놈들."

이를 갈며 젝센가드는 계속 움직였다.

그나마 다행인 건 이 숲이 낯선 장소가 아니란 점이었다.

이곳 벨라렐 숲은 오래전, 젊은 시절의 그가 한동안 근거지로 삼았던 곳이다.

고향을 떠나 몸을 숨긴 젝센가드는 용병 노릇을 하며 세상을 떠돌았다. 하지만 집에서 새는 바가지 밖에서도 샌다고, 용병 일을 할 때도 그의 성미는 어디 가지 않았다.

오만한 귀족들을 볼 때마다 젝센가드는 제 성질을 참지 못했고, 그때마다 사고를 쳤다.

결국 대륙 전역에서 수배되어 더 이상 용병 일도 못 하게 되자 벨라렐 숲에 근거지를 두고 제국 수송대 등을 털면서 살았다. 그리고 이 일대에서 악명 높은 도적단의 두목이 되었다.

당시 사용했던 비밀 아지트가 바로 숲 깊숙한 곳에 있었다.

그 은신처에 대해선 누구도 모른다. 혁명군이 존재하기도 전에 사용했다가 버려진 곳이니까.

그곳이라면 안심하고 몸을 숨길 수 있을 것이다.

주위의 고목들을 두리번거리며 젝센가드가 중얼거렸다.

"크, 오랜만에 왔더니 기억이 가물가물하군. 이쪽이던가?"

숲을 좀 더 이동하니 맑은 샘이 보였다. 당시에 식수원으로 사용하던 샘이다.

"지형이 너무 변해서 알아보기 힘들었는데 다행히도 맞게 왔구만."

젝센가드는 샘물에 머리부터 처박았다.

벌컥벌컥 물을 들이켠다. 이제야 좀 체력이 회복된다.

"으아, 살 것 같다."

머리를 흔들며 그는 샘 너머를 바라보았다. 조금 떨어진 낮은 둔덕 아래, 여러 개의 토굴 입구가 보였다.

토굴 안쪽을 살피며 젝센가드가 미소를 지었다.

"아직은 그럭저럭 쓸 만하네."

오랜 세월 탓에 많이 허물어지긴 했지만, 한 몸 눕히기엔 충분한 공간이 남아 있었다.

적당히 망토를 펼쳐 자리를 간 뒤 젝센가드는 명상을 시작했다.

숨을 고르며 투기를 끌어내자 전신의 상처가 눈에 띄게 아물며 딱지가 올라앉는다. 기력도 상당히 회복되며 한층 살 만해진다.

"후우……."

비로소 피로가 몰려왔다.

그는 자리에 그대로 누웠다. 일단 한숨 자고 정신을 차린 뒤 왕도 라텐셀로 돌아갈 작정이었다.

배신한 신하들을 떠올리며 젝센가드는 이를 갈았다.

'라텐셀로 돌아가기만 해봐라, 배신자들. 차라리 죽여 달라고 애원하게 해주마!'

배신자라는 단어를 떠올려서일까?

문득 토굴 천장을 올려다보던 젝센가드의 뇌리에 엉뚱한 생각이 떠올랐다.

'그러고 보니 그 녀석을 처음 만난 곳이 여기였구나…….'

하지만 생각은 길지 않았다.

잡념 따위가 스며들기엔 그는 지금 너무 지친 상태였다.

탈진한 육체가 곧바로 수면으로 향했다. 갑옷을 벗지도 않은 채, 코까지 골면서 젝센가드는 깊은 잠에 빠져들었다.

"드르렁~!"

＊　　　　＊　　　　＊

루스클란 제국력 1008년의 화창한 어느 여름날.

슥슥슥.

숲 속에서 30대 초반의 건장한 청년이 숫돌로 도끼날을 갈고 있었다. 벨라렐 숲을 지배하는 '쌍도끼 도적단'의 두목, 젝센가드였다.

"음, 좋아."

잘 벼려진 도끼날을 햇살에 비춰보며 만족스런 미소를 짓는다.

그러던 중이었다.

갑자기 아지트 저편이 소란스러워졌다. 이내 험상궂은 장정 둘이 허겁지겁 토굴 쪽으로 뛰어오며 고함을 쳤다.

"으히익! 두목!"

"큰일 났어요! 두목!"

둘 다 쌍도끼 도적단의 일원으로 자신의 부하들이다. 젝센가드가 몸을 일으켰다.

"뭐야, 무슨 난리야?"

그리고 숲 너머를 보며 인상을 팍 구겼다. 울창한 수풀 사이로 외부인 두 사람이 더 접근하고 있었다.

"이 새끼들! 여기까지 꼬리를 달고 온 거냐?"

그는 눈을 부라리며 부하들을 노려보았다. 도끼를 쥔 손에 힘이 들어갔다.

"이 멍청한 것들이 지나가는 행상이나 좀 털어 오랬더니 아지트 장소를 드러내!"

부하들이 공포에 질려 변명을 해댔다.

"그게 아니고, 두목……."

"우리도 최대한 도망친다고 도망친 건데……."

"상대가 소드하이어였수!"

"아무리 뛰어도 따돌릴 수가 없었다고!"

"으이그……."

한숨을 쉬며 젝센가드는 부하들로부터 시선을 돌렸다. 일단은 불청객들의 처리가 우선이었다.

"네놈들에 대한 처벌은 이따 하지."

불청객 중 한 명은 테라노어 동부의 갈렌 족으로 보이는 흑발 흑안의 소년이었다.

나이는 기껏해야 십 대 중후반? 새파랗게 어린 데다 얼굴도 곱상하게 생긴 주제에 표정 하나는 시건방지기 그지없다.

또 한 명은 20대 초반 정도로 보이는 청년이었다. 마기언 특유의 로브를 걸친 호리호리한 체구였는데, 보는 순간 절로 이런 의문이 든다.

'저건 사내놈인가, 아니면 계집인가?'

긴 흑색의 장발에 황금빛 눈동자를 지닌 예쁘장한 얼굴, 얼핏 보면 여성으로 착각할 정도로 선이 고운 얼굴이었다.

게다가 아까부터 영 안절부절못하는 것이 상당히 소심해 보이기도 했다.

하여튼 둘 다 참 사내답지 못하게 생겼다. 젝센가드는 한 번 더 인상을 찌푸렸다.

'저 말라깽이야 마기언이니 그렇다 치지만, 저 어린놈은 칼든 주제에 뭐 저리 삐쩍 곯았냐?'

모름지기 사내라면 최소 알통이 여인네 허벅지 두께는 되어야 한다는 것이 젝센가드의 오랜 지론이었다. 저런 비리비리한 몸으로 어딜 감히 사내임을 자처한단 말인가!

그렇게 젝센가드가 불청객들을 살펴보는 동안 다른 도적단원들도 가만있지는 않았다. 일제히 무기를 쥐고 저들을 둥글게 포위한다.

사방이 가로막히자 장발의 마기언이 클레이모어를 든 소년을 향해 툴툴거렸다.

"시한, 정말 우리 둘밖에 없는데 이래도 되는 거야?"

"릴스타인……."

흑발의 소년이 한심하다는 눈으로 예쁘장한 청년을 노려보았다.

"6층 마기언씩이나 되었는데도 이따위 도적 떼가 무서운 거야?"

"무, 무서운 건 아니다, 뭐……."

"다리가 떨고 있는데?"

"긴장해서 그래!"

"땀도 흘리고 있는데?"

"식은땀이야!"

앙칼지게 대꾸하는 릴스타인을 보며 성시한이 혀를 찼다.

"나 참, 넌 나이깨나 먹은 주제에 왜 그리 겁이 많아?"

"너야말로 나이도 어린 놈이 왜 그리 겁이 없냐?"

젝센가드는 눈을 껌뻑였다.

'뭐야, 이것들? 왜 남의 집 앞에 와서 지들끼리 싸우고 난리야?'

어쨌건 비밀 아지트가 발각된 이상 그냥 돌려보낼 수는 없다. 살기를 피우며 젝센가드가 한 발 앞으로 나섰다.

"뭐 하는 놈들이냐?"

성시한이 차가운 눈빛으로 물었다.

"당신이 이들의 수장인가?"

"그렇다. 아마도 우리 애들이 신세를 진 것 같은데……."

"아아, 잠깐 눈 돌린 사이에 짐 들고 열심히 뛰시더라?"

젝센가드는 힐끔 도망쳐 온 부하들을 힐끔 보았다. 그 와중에도 각자 손에 배낭 하나씩 소중하게 껴안고 있다.

"그래, 저게 한때 그쪽의 보따리였던 것 같긴 하구만."

상대의 목소리 속에 비꼬는 뉘앙스가 여실했다. 시한은 혀를 찼다.

"역시 순순히 돌려줄 생각은 없나 보지?"

"그렇게 순진하고 선량한 놈들이 여기서 도적질이나 하고 살겠냐?"

비아냥이 오간다. 양쪽 모두 살기를 높이기 시작한다.

어차피 오가는 대화 따윈 의미가 없었다. 아까부터 이미 둘은 기세를 통해 상대의 전의를 확인하고 있었다.

서로를 바라보며 젝센가드와 성시한이 눈빛을 교환했다.

'이 어린놈, 최소한 달인급이야!'

'이 근육 돼지, 투기가 보통이 아닌데?'

젝센가드가 양손의 도끼를 올려들며 자세를 취했다.

"아쉬우면 힘으로 되찾아 가보시지?"

성시한도 클레이모어를 들어 상대를 겨눴다.

"안 그래도 그럴 셈이다!"

보이지 않는 투기가 사방을 잠식한다. 털끝이 곤두서는 느낌에 도적단 부하들이 전율하며 뒤로 물러섰다.

숲 속 가득 긴장된 공기가 팽배했다. 그리고 한순간 터졌다.

"타앗!"

"허업!"

한 자루 클레이모어와 두 자루의 배틀액스가 허공에서 격돌하며 뇌성을 떨쳤다.

콰아앙!

두 소드하이어의 투기가 서로 얽히며 대기를 찢었다. 충격파가 사방으로 터져 가지가 꺾이고 푸른 잎이 우수수 떨어졌다.

한 차례 공방을 주고받은 젝센가드가 눈을 휘둥그레 떴다.

"어라, 이 자식, 의외로 옹골차네?"

겉보기엔 호리호리해 보였는데 직접 도끼를 마주하니 강철을 두드리는 기분이다. 겉보기에만 말라보일 뿐 극도로 단련된 신체인 것이다.

순수한 감탄만을 담아 젝센가드가 물었다.

"너, 이름이 뭐냐?"

상대에 대한 탄복은 시한 역시 마찬가지였다. 순순히 자기 정체를 밝혔다.

"시한이다, 성시한."

"그게 사람 이름인가?"

젝센가드는 멍한 표정을 지었다.

"어디서부터가 성이고, 어디서부터가 이름이야?"

"미안하게 됐네, 그래도 가명을 대서 당신을 우롱하고 싶진 않았어."

"그건 고마운 일이군."

"그래서 그쪽은?"

"젝센가드. 성 따윈 없다. 평민 출신이라."

이름을 교환하면서도 둘의 손은 쉬고 있지 않았다.

세 자루 칼과 도끼가 쉴 새 없이 허공을 노닐고 강렬한 투기와 투기가 계속 교차해 전광을 흩뿌린다.

두 사람은 그렇게 몇 차례나 공방을 주고받았다. 실력도 투기량도 경지도 필적하다 보니 도통 승패가 나지 않았다.

승부는 엉뚱한 이유로 갈렸다. 중간에 쓸데없는 방해가 낀 것이다.

두목의 전투를 보다 못한 부하 하나가 릴스타인의 목에 칼을 겨누고 시한을 협박했고……

"너, 이 자식! 이놈의 목숨을 살리고 싶으면 당장 검을 버려!"

뒤이어 릴스타인의 마법이 발동했다.

"내가 신경 쓴 건 저 인상 더러운 소드하이어지, 너희 같은 일개 도적놈들이 아니거든?! 매스 스트라이크 애로우!"

수십 줄기의 강력한 마력 화살이 도적단 전원에게 작렬했다. 단 한 명도 남김없이 비명을 지르며 나가떨어졌고, 그 탓에 젝센가드의 집중도 깨졌다.

"크으윽!"

결국 젝센가드는 배틀액스를 놓치고 바닥에 쓰러지는 신세가 되었다. 성시한이 클레이모어를 들어 그의 목을 겨눴다.

포기한 얼굴로 그가 양손을 들어 항복 의사를 보였다.

"쓰벌, 졌다. 죽이든 살리든 마음대로 해라."

하지만 성시한은 오히려 검을 거두었다. 릴스타인이 금색 눈동자를 빛내며 젝센가드에게 다가왔다.

"당신, 도적질이나 하기엔 너무 아까운 실력이던데……."

잔잔한 목소리로 미래의 혁명 영웅이 질문을 이었다.

"혹시 좀 더 큰일을 해보고 싶은 생각은 없나?"

*　　　*　　　*

눈을 뜬 채 젝센가드는 어둠 속을 바라보았다. 오랜만에 이곳으로 돌아온 탓인지 또 쓸데없는 옛날 일을 꿈꿔버렸다.

'그래, 그랬던 시절도 있었지.'

그날 이후 젝센가드는 성시한, 릴스타인과 친구가 되었다.

지금이야 서로 일국의 왕이 되어 견제하는 사이가 되었지만, 당시만 해도 정말 허심탄회하게 서로를 대했다.

여자 같은 외모에 콤플렉스를 지닌 릴스타인을 열심히 놀려먹기도 했다. 나중에 더 여자같이 생긴 사파란이 합류하는 바람에 시들해지긴 했지만.

"큭큭큭······."

키득거리다 말고 젝센가드는 문득 의아해했다.

'그런데 내가 왜 갑자기 깼지?'

의문은 금방 답을 얻었다.

토굴 밖에서 은은한 기세가 느껴지고 있었다. 얼음처럼 서늘하고 칼날처럼 예리한, 그러면서도 당장에라도 주위 모든 것을 날려 버릴 듯한 투기였다.

"헉?!"

기겁해 젝센가드는 벌떡 자리에서 일어났다.

왜 자신이 갑자기 깨어났는지 깨달았다. 평생 갈고닦은 소드하이어로서의 감각이 무의식중에 그를 깨운 것이다.

'추적대인가? 어떻게 이곳을 알고?'

잽싸게 젝센가드는 양손을 뻗어 자신의 배틀액스를 쥐었다. 그리고 비웃음을 흘렸다.

'흥, 하지만 너무 늦었다.'

자신은 이미 충분히 휴식을 취했다. 완벽한 컨디션이라 할 순 없지만 적어도 고성에서 함정에 빠졌을 때처럼 맥없이 당할 일은 없다.

차라리 잘됐다.

쌓인 울분을 터뜨리기에 딱 좋은 시간이다!

"좋다! 이놈들!"

어차피 갑옷을 입은 채 잠든 터라 무기만 챙기면 전투 준비 완료였다. 노호를 터뜨리며 젝센가드는 그대로 토굴 밖으로 뛰쳐나갔다.

"배신의 대가를 치르게 해주마!"

밖은 어느새 저녁이었다. 빽빽한 숲의 가지 사이로 갓 뜬 초승달이 희미하게 달빛을 뿌린다.

그 빛 아래 한 흑발의 청년이 서 있었다.

"재미있네."

커다란 클레이모어를 든 채 청년은 미소를 지으며 말을 이었다.

"지금 그 대사야말로 내가 가장 하고 싶었던 소리인데 말이지."

그를 본 젝센가드의 움직임이 순간 굳었다.

"어?"

그리고 잠시 자신이 아직 꿈을 꾸고 있는 것이 아닌지 의심했다. 조금 전 보았던 꿈속의 광경, 12년 전의 상황이 그대로 눈앞에 펼쳐져 있었다.

아니, 완전히 그대로인 것만은 아니다.

꿈속의 흑발 소년은 완연한 성인이 되어 있었다. 12년 전 그 옆에 서 있던 소심한 인상의 마기언 청년도 더 이상은 없었다. 대신 아름다운 미모의 백금발 소녀가 그 자리를 차지하고 있었다.

"오랜만이야, 젝센가드."

연신 눈을 껌뻑이고 또 껌뻑이다가, 젝센가드가 힘겹게 입술을 열었다.

"…성시한?"

성시한은 말없이 눈앞의 거한을 바라보았다.

그는 얼빠진 표정을 짓고 있었다.

당황도 경악도 두려움도 아닌 그저 의아해하는 얼굴, 도대체 뭐가 어떻게 된 건지 모르겠다는 모습이 일견 순진해 보이기까지 한다.

"내가 아직 꿈을 꾸고 있는 건가?"

젝센가드가 멍하니 중얼거렸다. 시한이 싸늘하게 대꾸했다.

"이 상황이 꿈으로 보이나?"

물론 그럴 리는 없었다.

이글거리는 투기가 젝센가드의 전신을 바늘처럼 찔러오고 있었다. 꿈이라기엔 너무도 현실적인 살기였다.

"하지만 시한, 어떻게 네가 여기에……."

"왜, 뒤통수 때리고 쫓아냈으니 영원히 사라져 줬을 거라 생각했어?"

성시한이 코웃음을 쳤다. 동시에 전신의 투기가 폭발하듯 터져 나와 주변 대기를 진동시켰다.

굉음과 함께 광풍이 불었다.

"십 년 만에 만난 친구에게 하는 말이 고작 그건가?"

들끓는 격정을 참을 수가 없다. 절로 목소리가 거칠어졌다.

커다란 클레이모어의 칼날에 강렬한 기운이 깃든다.

"응? 고작 그거냐고?"

고함과 함께 시한이 땅을 박찼다.

섬광처럼 몸을 날리며 단숨에 거리를 좁힌다. 투기검이 대기를 찢으며 젝센가드의 정수리를 내리친다.

경황이 없는 와중에도 젝센가드가 본능적으로 양손의 도끼를 들어 교차했다.

"이런!"

교차한 두 자루 배틀액스와 한 자루 클레이모어가 충돌했다. 뇌성이 터지며 사방으로 충격파가 퍼졌다.

콰아앙!

충격파가 소용돌이를 일으키고 땅을 까뒤집어 풀잎을 사방으로 날렸다.

'우와앗!'

알리타는 허겁지겁 뒤로 물러섰다. 어찌나 둘의 격돌이 강렬했는지 그 여파만으로도 몸을 가누기 힘들 지경이었다.

안전거리 밖으로 벗어나며 그녀는 식은땀을 흘렸다.

'저 괴물들…….'

단 일격으로 저 정도의 위력을 보인 성시한도 무시무시했지만, 그걸 받아낸 젝센가드 역시 상식적인 존재는 아니었다.

그는 전혀 당황하지 않은 채 시한의 투기검을 막고 있었다. 충격을 받은 표정도 보이지 않았다.

그저, 여전히 얼빠진 얼굴로 눈앞의 흑발 청년을 바라보며 중얼거릴 뿐이었다.

"정말 성시한, 너냐? 정말 테라노어로 돌아온 거야?"

시한은 이를 갈았다.

지금 젝센가드에겐 두려움이나 당황 같은, '자신이 배신한 자와 다시 조우했을 때 응당 보여야 할' 그런 식의 감정이 없었다.

그를 배신해 놓고도 그동안 전혀 신경조차 쓰지 않았다는 의미다.

가슴속 깊은 곳에서 불길이 끓어오른다.

"그래! 내가 돌아왔다!"

손에 쥔 검에 힘을 주며 시한이 더더욱 상대를 밀어붙였다.

"젝센가드, 이 개자식아!"

칼날에 깃든 패왕기가 상대를 짓누르기 시작했다.

어이없게도 상대적으로 덩치가 작은 성시한이 거구의 젝센가드를 오히려 압박해간다.

"크윽?!"

그제야 젝센가드의 표정도 급변했다. 정신이 번쩍 든 것이다.

기합을 터뜨리며 그가 반격에 나섰다.

"타아아앗!"

폭렬기가 양손의 배틀액스를 타고 오르며 순백의 투기강으로 화한다. 극도로 압축되어 빛으로 화한 유형의 투기가 시한의 패왕기를 압도하며 역류한다.

서로의 투기가 서로의 무기를 통해 발현되며…….

콰아앙!

굉음과 함께 두 사람이 동시에 뒤로 튕겨져 나갔다.

튕겨진 성시한은 간단히 몸을 가누어 바닥에 착지했다.

뒤로 밀린 젝센가드도 금방 균형을 회복하고 재차 자세를 취했다.

그토록 강렬한 공방을 나누었음에도 둘 다 충격 따윈 전혀 받지 않았다. 어차피 이건 일종의 '인사'에 불과했으니까.

상대를 노려보며 젝센가드가 뇌까렸다.

"허, 정말 너로구나."

그는 투기를 다루는 소드하이어, 상대의 얼굴을 확인하고 상대의 목소리를 듣는 것보다도 단 한 번 검을 나누고 투기를 교환하는 쪽이 훨씬 현실을 느끼게 해준다.

젝센가드의 안색이 딱딱하게 굳었다.

비로소 상대가 진짜 성시한, 그가 배신한 과거의 친구라는 사실이 실감난 것이다.

"릴스타인과 사파란은 네가 절대 돌아올 수 없을 거라고 했었는데……."

"아아, 쉬운 일은 아니었지. 정말 쉽지 않았어."

성시한은 한 발 앞으로 나섰다. 무의식중에 젝센가드가 한 발 옆으로 움직였다.

시한이 말을 이었다.

"하지만 포기하기엔 그날 처맞은 뒤통수가 너무 아프더라고?"

젝센가드가 불만스레 대꾸했다.

"쳇, 마기언 말도 다 맞는 건 아니었구만."

릴스타인과 사파란은, 일단 시한이 지구로 돌아가면 절대 자력으론 테라노어로 돌아올 수 없다고 했다. 그래서 대륙을 지배하게 된 혁명 6영웅은 특히나 루스클란의 후예를 말살하는 데 힘을 쏟았다.

성시한을 다시 소환할 수 있는 유일한 방법을 제거하기 위해서였다.

시한이 납득했다는 표정을 지었다.

"지나칠 정도로 루스클란 황족을 탄압한 이유가 그것이었나?"

처음 알리타를 만나 그간의 사정을 들었을 땐 좀 이해가

가지 않았다.

루스클란 황족을 저주하고 사냥하려는 풍조가 테라노어 전역에 퍼져 있다면 그건 충분히 있을 법한 일이다. 광제의 공포와 광기는 그 정도로 지독했다.

그렇다 해도 국가 차원에서 조직적으로 황족 사냥을 주도할 필요까진 없는 것이다.

그건 엄연히 인력과 예산이 들어가는 문제고, 광제의 후손을 사냥해서 얻는 대가에 비해 들어가는 비용이 너무 높다.

"하지만 저런 이유라면 충분히 이해가 가네."

독백과 함께 시한이 다시 움직였다. 무릎을 살짝 굽히며 손에 쥔 클레이모어를 상대에게 겨눈다.

젝센가드의 자세도 변했다. 양손의 배틀액스를 땅에 길게 늘어뜨리며 좌우 균형을 조율한다.

"그렇군, 어쩐지 이상하다고 생각했다."

납득한 표정을 지은 것은 시한뿐만이 아니었다.

젝센가드가 안면을 일그러뜨렸다. 이제야 자신이 처한 현 상황이 이해가 갔다.

"전부 시한, 네 짓이었구나!"

갑자기 믿었던 아들이, 신하가 그를 배신하고 죽이려 들었다. 그것도 한두 명의 반역이 아닌 대규모 반란이었다.

단순한 젝센가드도 반란이라는 것이 결코 쉬운 일이 아님은 잘 알고 있었다. 바로 본인이 십 년 전 루스클란 제국을 그렇게 멸망시켰으니 모를 리가 없었다.

반역은 쉽다. 개인의 판단과 의사에 따른 일이니까.

하지만 반란은 다르다. 이는 조직적으로 여러 명이 뜻을 모아 집단을 이루어야 가능하다.

대규모 반란이 일어나려면 그만큼 믿고 따를 구심점이 있어야 하는 것이다. 과거의 자신들, 혁명 7영웅처럼.

"그래, 네 녀석이 뒤에 있었다면 켈테론 저 겁쟁이 놈이 감히 들고일어나 반란을 꾸밀 수도 있었겠지."

또한 어떻게 성시한이 이 장소에 나타났는지도 쉽게 알 수 있었다.

"처음부터 이 장소를 고른 거였다, 이거지?"

그 낡은 고성은 벨라렐 숲에서 지척이다. 궁지에 몰린 젝센가드라면 당연히 익숙한 은신처로 피신해올 줄 알고 있었던 것이다.

시한이 조롱을 흘렸다.

"뭐야, 젝센가드? 아주 바보는 아니었잖아?"

젝센가드가 입꼬리를 기묘하게 뒤틀었다.

"크크큭, 이제 좀 상황 파악이 되네. 위대한 이계구원자께서 십 년 전의 보복을 하러 돌아오셨다 이거냐?"

배틀액스를 교차해 시한에게 겨누며 젝센가드는 몸을 낮췄다. 그러자 성시한도 클레이모어를 옆으로 틀며 다리를 벌려 스탠스를 넓게 잡았다.

양측의 자세가 조금씩 변화할 때마다 살기와 투기가 어우러져 어둠을 잠식한다. 당장이라도 터질 듯 서로의 기세가 팽팽하게 부풀어 오른다.

겉으로 보기엔 그저 담담히 대화를 나누고 있는 걸로만 보일지도 모른다.

하지만 둘의 싸움은 이미 시작되었다.

한 발 앞으로 나서면 한 발 옆으로 빠지고, 검을 겨누면 도끼로 상대의 궤적을 미리 가로막는다. 한마디, 한마디 오갈 때마다 미세하게 거리를 조정하고 자세를 바꾼다.

상대와의 거리, 상대의 자세, 상대의 움직임에 맞춰 서로의 호흡을 읽어가며 유리한 상황을 선점하려는 것이다.

"젝센가드."

성시한이 차가운 목소리로 입을 열었다.

"이제 그날의 빚을 갚을 시간이다."

"으하하핫!"

갑자기 젝센가드가 웃음을 터뜨렸다.

"좋다! 내가 저지른 짓을 비겁하게 변명하진 않겠어!"

그리고 양손의 배틀액스를 높이 쳐들며 외침을 이었다.

"그렇다고 이제 와서 얌전히 무릎 꿇고 용서를 빌 생각도 없다!"

이미 서로 간에 탐색은 충분히 했다.

이젠 직접 부딪힐 때!

"어디 내 목을 가져가 봐라, 시한!"

젝센가드가 땅을 박차고 날아올랐다. 솟구친 백색 투기강이 어둠을 환하게 밝혔다.

"아까 한 말을 돌려주지."

중얼거리며 시한 역시 마주 몸을 날렸다. 분노에 찬 외침이 뒤를 이었다.

"배신의 대가를 치러주마, 젝센가드!"

기합과 함께 두 사람이 다시 허공에서 충돌했다.

"타아앗!"

배틀액스를 교차해 내리치며 젝센가드가 투기를 폭발시켰다.

"폭렬기, 파쇄!"

백색의 투기강이 두 줄기 유성이 되어 성시한의 좌우 어깨를 노렸다. 패왕기의 흐름을 제어하며 시한도 역습을 가했다.

"패왕기, 격류!"

투기의 소용돌이가 유성의 빛을 감싸 오르며 그 시발점, 젝센가드의 양팔을 베어갔다. 하이어 버클리의 팔을 잘랐던 바로 그 기술이었다.

하지만 젝센가드 상대로는 같은 결과가 나오지 않았다.

"날 얕보는 거냐?"

똑같은 폭렬기라도 그는 초인급 소드하이어, 모든 면에서 하이어 버클리보다 훨씬 높은 경지에 다다라 있다. 아예 비교조차 되질 않는 수준이다.

"너무 약하잖아!"

도끼를 회전시키며 젝센가드가 패왕기의 흐름에 폭렬기를 역류시켰다.

투기가 뒤섞이며 푸른 전격이 사방으로 방전됐다. 마치 적란운처럼 작은 번개가 연달아 번쩍거렸다.

콰콰쾅!

뇌성이 연거푸 울리며 대기가 요동친다. 그 속에서 젝센가드가 재차 공세를 가했다.

원심력을 실어 좌우로 도끼를 휘두르며 수십 개의 원을 그린다. 투기의 원반이 요동치며 순백의 뇌전을 토한다.

백색 벼락이 불규칙적인 궤적을 허공에 남기며 시한의 전신을 노리고 날아들었다.

"폭렬기, 낙뢰(落雷)!"

성시한도 바로 반격했다.

클레이모어의 칼끝이 미세하게 떨리더니 이내 커다란 투기의 흐름으로 화한다. 무형의 기류가 시한 주위로 흐르며 떨어지는 낙뢰를 모조리 집어삼킨다.

"패왕기, 유수(流水)!"

도끼와 대검의 칼날이 연신 부딪혔다. 순백의 투기강이 아지랑이 같은 투기검과 어우러져 화려한 빛의 윤무를 춰댔다.

순식간에 스무 번이 넘는 공방이 오갔다.

문득 젝센가드가 흥이 오른 표정으로 뇌까렸다.

"너와 진지하게 싸우는 건 11년 만이군. 아니, 더 됐던가?"

차가운 목소리로 성시한이 대충 대꾸했다.

"뭐, 그 정도 되겠지. 그게 지금 무슨 의미가 있지?"

젝센가드와 대조적으로 시한의 표정에 흥분 따윈 전혀 보이지 않았다. 그저 끓어오르는 격정을 애써 참으며 냉정을 유지하려 할 뿐이다.

콰콰쾅!

재차 배틀액스와 클레이모어가 허공에서 충돌했다. 도끼날의 투기강이 칼날의 투기검을 튕겨내며 희미하게 요동쳤다.

"윽!"

격렬한 충격을 이기지 못하고 시한이 뒤로 물러섰다.

도끼를 거두며 젝센가드가 한층 유쾌하다는 듯 중얼거렸다.

"재미있군, 이렇게 손맛을 느껴본 게 얼마만인지 모르겠어."

혀를 차며 시한이 비아냥을 건넸다.

"아주 여유가 넘치시는데? 뇌까지 근육이라 상황의 심각성이 느껴지지 않나 보지?"

하지만 젝센가드는 시종일관 태연했다.

"심각성? 그딴 걸 내가 왜 느껴야 하지?"

정말 상황의 심각성을 파악하지 못해서 이토록 느긋한 것이 아니었으니까.

"상대가 성시한, 네 녀석인데."

오히려 그는 너무나 현 상황을 잘 파악하고 있었다.

"내 인생의 마지막을 장식하기에 가장 어울리는 전투가 아닌가? 하하하핫!"

*　　　*　　　*

"간다!"

몸을 날리며 젝센가드는 아무런 절박함 없이, 무심하게 도끼를 휘둘러댔다.

투지나 살기가 없었다는 건 아니다. 그는 분명 강렬한 투지와 살기를 뿜고 있었다.

하지만 그것은 어디까지나 오랜 전투의 습관에서 나오는 것일 뿐이었다.

지금 젝센가드에겐 눈앞의 성시한을 해치우겠다는 의지가

없었다.

상대를 베고 이 자리에서 살아 돌아가겠다는 강렬한 생존 욕구도 보이지 않았다.

이계구원자 성시한은 이미 십 년 전에 무신급 소드하이어의 경지에 오른, 투기의 극의에 다다른 이였다. 반면 그는 아직 무신급의 벽을 허물지 못했다.

상대는, 과거 혁명 6영웅이 머리를 맞대고 궁리했지만 도저히 죽일 방법을 찾지 못해 결국 '귀환'이라는 편법을 동원한 무시무시한 괴물이다.

하물며 지금은 당시의 친구들도 곁에 없지 않은가?

아무리 젝센가드가 발버둥 쳐 봤자 이길 수 있을 리가 없는 것이다.

그렇다고 전투를 포기했다는 의미는 아니다. 분명 진지하게 전투에 임하고 있었다.

단지 그 '진지함'의 목적이 승리가 아니었을 뿐.

'내 인생의 마지막 싸움이다⋯⋯.'

도끼날의 투기강이 점점 더 찬란히 빛나기 시작했다.

'전사로서 부끄럽지 않은 전투를 행하리라!'

양손의 배틀액스를 휘두르며 젝센가드는 폭풍처럼 시한을 압박해갔다. 백열하는 파괴의 빛이 쉴 새 없이 상대의 빈틈을 노렸다.

성시한도 노련하게 검을 놀려 대응했다. 부드러운 원을 그려 직격을 흘리며 차분히 모든 공격에 카운터를 날린다.

호흡과 호흡이 얽히고 투기와 투기가 충돌한다.

머리카락 하나 차이로 칼날이 서로를 스치는 절묘한 공방이 이어진다.

그러던 중이었다.

젝센가드의 미간이 미묘하게 일그러졌다.

'뭐 하는 거야, 이 녀석?'

뭔가 상황이 좀 이상하다.

'왜 투기강을 안 쓰는 거지?'

젝센가드의 배틀액스가 성시한의 클레이모어와 스치며 대기에 파문을 그렸다. 신음을 흘리며 시한이 한 걸음 뒤로 물러섰다.

"크윽!"

무형의 투기검으론 도저히 유형의 투기강을 감당할 수 없는 것이다. 애써 직격을 피해 공세를 흘리고 있었지만 워낙 실린 힘의 격차가 크다.

"허업! 타아앗!"

젝센가드가 몇 번 더 공격을 시도했다. 그때마다 시한은 절묘한 수법으로 투기강의 파괴력을 흘려냈다.

그 수법은 여전히 아지랑이 같은 무형의 투기검으로 이루어져 있었다.

십 년이 지난 지금도 젝센가드의 기억 속에 생생히 남아 있는 이계구원자의 투기강, 드넓은 창천을 연상케 하던 그 깊고 푸른 파괴의 빛이 아니었다.

"설마……."

배틀액스를 거두며 젝센가드가 뒤로 물러섰다.

성시한은 쫓아오지 않았다. 제자리에 서서 숨을 고르며 자세를 고칠 뿐이었다.

"시한, 너……."

미간을 한껏 찌푸리며, 도무지 믿기지 않는다는 듯 젝센가드가 질문을 던졌다.

"…약해진 거냐?"

'어디…….'

시험 삼아 젝센가드는 배틀액스를 내리그었다. 성시한의 투기검이 복잡한 궤적을 그리며 그의 투기강을 빗겨냈다.

섬세하기 그지없는, 일류라 불리기에 충분한 수준의 검술이었다.

'분명히 실력은 그대로인데?'

아니, 무술적 기량만 보면 십 년 전보다 더 뛰어난 것 같다.

'예전의 녀석은 이렇게까지 세련된 수법은 구사하지 못했지.'

혁명 6영웅 중 소드하이어의 길을 택한 3인.

은형의 레비나, 뇌화의 테오란트, 대지파괴자 젝센가드.

이들에 비해 과거 성시한의 검술은 딱히 뛰어난 점이 없었다.

테라노어 곳곳에서 다양한 전투 경험을 쌓은 시한이었다. 운 좋게도 본인의 자질 역시 꽤나 뛰어난 편이었다.

덕분에 그는 십 년 전에도 상당히 높은 수준의 검술을 지니고 있었다. 누가 봐도 일류 검사임을 인정할 수 있을 정도로.

하지만 다른 친구들의 실력은 일류 정도가 아니었다.

검을 업으로 삼아 평생 사람을 베어온 수많은 테라노어의 무인들, 그 속에서 정점에 선 이들이 바로 레비나와 젝센가드, 테오란트다. 투기술이 아닌 기존 무술만으로도 그들은 이미 입신의 경지에 도달해 있었다.

당시 성시한의 검술이 국가대표급이라면, 저들은 금메달리스트였다고나 할까?

어찌 보면 사소한 차이지만 동시에 평생 노력해도 좁히지 못할 어마어마한 격차.

그럼에도 불구하고 이계구원자는 틀림없이 다른 혁명 6영웅을 압도하는 최강자였다.

'순수한 투기량과 마력이 워낙 무지막지했으니까.'

무신급에 들어설 때도 시한은 정상적인 테라노어의 소드하이어처럼 깨달음을 통해 투기를 증폭시켜 경지의 벽을 허문 것이 아니었다.

그냥 투기가 쌓이고 쌓이고 또 쌓여서, 종국에는 무신급의 벽이 버티지 못하고 무너져 내렸다 쪽에 더 가깝지.

그만큼 당시 성시한의 투기량은 무식하게 높았다. 재능이고, 실력이고, 전투 센스고 다 씹어 먹을 정도로.

그런데…….

'이건 도대체?'

그 어마어마하던 투기량이 전혀 느껴지지 않는다. 끝 모르게 넘쳐 나던 마력도 가뭄에 시달리는 밭떼기처럼 말라비틀어져 있다.

성시한이 이계구원자일 수 있었던 가장 큰 두 무기가 죄다 사라진 것이다.

너무 어이가 없어 이런 생각마저 드는 젝센가드였다.

'혹시 날 조롱하는 건가?'

고양이가 쥐를 가지고 놀듯이 천천히 말려죽일 셈인가? 아니면 희망을 준 뒤 일격에 쓰러뜨려 더욱 깊은 절망에 빠뜨리려고?

문득 젝센가드가 실웃음을 흘렸다.

'그럴 수도 있을 것 같다는 게 웃기는구만.'

대륙 전역에 퍼진 이계구원자의 전설과 달리, 친구였던 젝센가드는 성시한의 실체를 잘 알고 있었다.

가끔은 제 힘만 믿고 잘난 척도 꽤 해댔었다. 간단히 쓰러뜨릴 수 있는 상대를 갖은 멋 부리면서 처치한 적도 의외로 많다.

당시 성시한이 고작 십 대 소년이었다는 걸 감안하면 별로 이상하게 여길 일도 아니었다. 그 나이면 원래 영혼 깊숙한 곳에서 온갖 허세가 나부낄 시기 아닌가?

'하지만 이젠 나이도 제법 처먹었는데, 설마?'

미심쩍어하며 젝센가드는 조심스레 공세를 늘렸다. 투기강이 짙어지며 배틀액스에 실린 힘도 더욱 거세졌다.

절묘한 방어술로 시한은 계속 참격을 걷어냈다. 하지만 역시 힘에서 밀려 점점 뒷걸음질을 친다.

'어째 정말 힘들어 보이는 것 같기도 하고?'

젝센가드가 좀 더 과감한 공격을 시도했다.

파앗!

예리한 빛의 칼날이 시한의 어깨를 스치고 지나갔다. 핏물이 살짝 튀며 시한이 신음을 흘렸다.

"윽!"

살짝 스친 정도라 상처는 그리 깊지 않았다. 하지만 젝센가드는 당황했다.

"어라?"

시한의 표정은 한껏 굳어 있었다. 정말로 전력을 다하는 것처럼 보였다.

굳이 이렇게까지 할 필요가 있을까? 아무리 잘난 척하려 한다고 해도, 부상까지 일부러 감수한다고?

'아니면 일부러 약해진 연기를 하는 건가? 그런데 지금 저 녀석이 그런 연기를 할 이유가 뭐가 있지?'

젝센가드가 쌓아올린 사회적 위치도 다 허물어뜨렸다. 그가 지닌 수많은 수도 다 잃게 만들었다.

이미 시한을 배신함으로 인해 얻은 것들을 죄다 끊은 후인 것이다.

이제 남은 일은 그저 더러운 배신자의 목을 취하는 것뿐.

'그런데 대체 무엇하러 저런 연기를 해?'

고민하던 젝센가드가 문득 욕설을 흘렸다.

"쓰벌, 내가 고민한다고 뭘 알아차릴 수 있을 리가 없지."

추리도 하던 놈이 해야 해답을 얻는 법이다. 평소 단순무식하게 살던 놈이 이제 와서 머리 굴린들 해답이 나올 리가 있나?

그래서 젝센가드는 대놓고 물었다.

"뭐냐, 시한? 너 투기 왜 이래?"

성시한이 쓸쓸한 미소를 지었다.

"아아, 사정이 좀 있어서."

짙은 살기와 적의 사이로, 멋쩍어하는 감정이 스쳐 지나간다.

"테라노어로 돌아오느라 대부분의 투기와 마력을 써버렸거든?"

"야! 그게 뭐야?"

어이가 없어 젝센가드가 성시한을 노려보았다.

"그럼 도대체 뭘 믿고 복수하겠다고 덤빈 거냐?"

그동안 성시한을 상대하며 젝센가드는 분명 진지하게, 최선을 다해 전투에 임했다.

하지만 그것이 전력을 다했다는 소리는 아니었다.

최선을 다하는 것과 전력을 다하는 것은 엄연히 다른 문제다. 전력으로 공격했다가 전력으로 카운터 맞아버리면 한 방에 삼도천 건너는 것이다.

인생의 마지막 전투를 그렇게 허무하게 끝내고 싶은 생각은 결코 없는 젝센가드였다.

그래서 최대한 긴장을 놓지 않고 조심스럽게 전투를 풀어가고 있었는데…….

"고작 이게 이 녀석의 현재 실력이라고?"

허탈해하며 젝센가드가 도끼를 올려쳤다.

"폭렬기, 강타!"

시한이 재빨리 투기를 운용하며 클레이모어를 내려베었다.

"패왕기, 참압!"

힘과 힘의 충돌로 또다시 대기가 흔들리며 파문이 사방으로 퍼져 나갔다. 튕겨진 시한이 허공에서 자세를 바로잡으며 착지했다.

"흥! 내가 예전만 못한 건 사실이지만……."

고함을 터뜨리며 바로 연격을 시도한다.

"그래도 너 하나 처리할 정도 힘은 남아 있다, 젝센가드!"

시한의 대검이 칼날의 춤을 추며 젝센가드의 좌우를 두들겼다. 젝센가드가 양손의 도끼를 들어 올리며 황당하다는 듯 중얼거렸다.

"…안 남은 거 같은데?"

좌우 도끼를 가볍게 휘둘러 그는 모든 공세를 튕겨냈다.

시한의 참격은 실로 예리하게 젝센가드의 허점을 노려왔지만, 투기강을 넓게 펼치는 것만으로 모두 감당이 되었다. 아무리 세밀한 검술이라도 방패 자체가 거대하면 아무 의미가 없는 것이다.

뒤이어 젝센가드가 손목을 털며 스냅을 이용해 반격했다.

"폭렬기, 연환탄!"

거대한 배틀액스가 마치 채찍처럼 탄력적인 궤도로 시한에게 날아들었다. 동시에 백색의 투기강이 폭발하며 산탄처럼 쏟아졌다.

시한은 어지럽게 검을 놀려 빛의 산탄을 피하고 또 걷어냈다. 투기에서 밀리니 몸놀림과 검술로 공격을 감당한 것이다.

분명 뛰어난, 칭찬해 마지않을 정교한 움직임이었지만…….

"이것 참……"

젝센가드는 오히려 혀를 찼다.

십 년 전의 추억이 떠오른다. 절로 입가에 고소가 머금어진다.

"…서로 처지가 바뀐 것 같구만."

혁명군 시절, 대련만 했다 하면 그는 시한에게 비참하게 당하곤 했다.

당시 젝센가드는 기술적으로 시한보다 우위였다. 육체 능력, 전투 경험 역시 마찬가지였다.

하지만 저 모든 것은 무식한 투기량 앞에선 아무 소용이 없었다.

투기량 자체가 너무 심하게 차이 나버리니 성시한이 어떤 어설픈 검술을 펼쳐도 죄다 일격필살이 되어버리는 것이다. 물론 어디까지나 혁명 6영웅 기준에서 어설프단 소리였지만.

그런데 지금 상황이 정반대다.

기술 숙련도는 왕년과 비교가 안 될 정도로 뛰어나졌다. 지구로 돌아가서도 수련을 게을리하지 않은 모양이었다.

하지만 투기량이 전혀 못 미친다.

왕년의 이계구원자를 기억하고 있던 젝센가드 입장에선 한탄이 나올 지경이다.

"어처구니가 없군."

솔직히 실망스러웠다.

"내 인생 마지막 전투라 여겼거늘……."

그리고 실망은 곧 희망으로 바뀌었다.

'가만… 그럼 이게 내 마지막 전투가 아닐 수도 있다는 소린가?'

명예로운 영웅의 지위, 강대한 왕의 권력, 그가 누렸던 향락과 사치.

성시한과 재회한 순간 저 모든 것을 초연했다. 그리고 오직 순수한 전사로서 한 자루 예리한 칼날이 되었다.

그런데 희망이 생겼다.

끝이라고 생각했는데, 끝이 아니었다.

"크크큭!"

수많은 후궁들, 화려한 궁성, 창고 가득한 금은보화.

그는 분명 인생의 최고 황금기를 누리고 있었다. 이 모든 것을 포기할 이유가 전혀 없어졌다!

"그래, 이게 지금의 네 전력이란 말이지?"

신중하던 자세를 버리고 한 마리 맹수처럼 광포하게 날뛰던 평소의 모습으로 돌아간다.

"그렇다면 죽는 건 네 쪽이 될 것이다! 하하하핫!"

광소를 터뜨리며 젝센가드가 전력을 끌어냈다.

순백의 투기강이 도끼날을 넘어, 근육질 거구를 통째로 뒤덮으며 찬란하게 백열하기 시작했다.

*　　　　*　　　　*

"타아아앗!"

기합을 연신 터뜨리며 젝센가드는 저돌적으로 달려나갔다.

투기강이 연달아 시한을 치고 또 내리친다. 정신없이 공격을 흘리며 시한이 계속 뒷걸음질을 쳤다.

"뭐야, 시한! 고작 이거냐?"

상대를 밀어붙이며 젝센가드가 유쾌한 듯 고함을 터뜨렸다.

"고작 이 정도로 복수를 입에 담은 거냐고? 엉?"

"윽……."

상대를 노려보며 시한은 신음을 흘렸다. 이대로 기세에서 밀려버리면 상황을 뒤엎기 힘들어진다.

애써 코웃음을 치며 시한이 연달아 대검을 찔러갔다.

"흥! 네놈의 수법 따윈 뻔히 읽을 수 있어, 젝센가드!"

투기가 실린 칼날이 소나기가 되어 젝센가드의 전신 요소를 파고들었다. 무형의 기운이 강철 같은 투기강의 틈새를 정확히 비집고 들어왔다.

젝센가드가 감탄을 흘렸다.

"아, 확실히 요령은 엄청 늘었는데? 검술은 이제 나보다 낫네."

물론 그 감탄은 바로 비웃음으로 바뀌었다.

"그럼 뭐 해?"

폭렬기가 일시에 터져 나오며 투기의 폭우를 모조리 튕겨버렸다.

"투기 자체가 이렇게 부실한데!"

기세가 오른 젝센가드의 공격이 더욱 거칠어졌다.

"죽어라, 시한!"

빽빽한 숲 속으로 강철의 폭풍이 불어 닥친다. 찬란한 빛의 회오리가 연신 솟구치며 주변 사물을 모조리 휘말아 감싸고 이내 사방으로 토해낸다.

"크으, 역시 세긴 세네……."

식은땀을 흘리면서도 성시한은 용케 버티고 있었다.

연달아 스텝을 밟으며 공세를 계속 피해낸다. 잡힐 듯 잡힐 듯 잡히지 않는 신속의 몸놀림. 젝센가드가 눈살을 찌푸렸다.

"잘도 도망치는구나. 하지만……."

젝센가드가 오른발로 대지를 내리찍었다. 육중한 굉음과 함께 땅이 흔들리며 백색의 투기가 지표를 타고 흘렀다.

오른손을 들어 올리며 그가 고함을 터뜨렸다.

"투기진, 거인의 손!"

지진과 함께 수십 개의 암석이 거대한 손 형태로 솟구친다. 거대한 투기의 조형물이 손아귀를 활짝 열고 시한을 노리며 손을 뻗는다.

"윽! 투기진인가?"

당황한 성시한은 뒤로 몸을 날렸다. 사방에서 날아드는 거대한 손가락을 피해 뛰고 또 뛴다.

그 광경에 젝센가드가 조소를 흘렸다.

예전의 시한이었다면 이 상황에서 굳이 피하려 들지 않았을 것이다. 이계구원자 특유의 '빛의 투기진'으로 가볍게 반격했겠지.

"투기진조차 못 쓸 정도인 거냐? 한심하구나!"

세 개의 거인의 손이 동시에 성시한을 붙잡으려 손을 뻗어 왔다. 둘은 피했지만 남은 하나를 피할 타이밍이 맞지 않았다.

"이런!"

결국 거대한 암석의 손가락이 시한의 전신을 감쌌다. 젝센가드가 오른손을 강하게 움켜쥐었다.

"으깨져라!"

집채만 한 바위가 가공할 질량을 담아 피륙으로 이루어진 육체를 압박한다. 시한이 신음을 터뜨렸다.

"크으윽!"

다행히 살이 터지고 핏물이 솟구치는 그로테스크한 광경은 벌어지지 않았다. 바로 그 순간 시한이 패왕기를 끌어내 전신을 보호한 것이다.

하지만 간신히 으깨지는 걸 면했을 뿐, 저 두터운 암석과 투기의 합작품으로부터 빠져나올 정도는 아니었다.

"하하하하!"

암석 손아귀에 붙잡혀 꼼짝달싹 못하게 된 성시한을 바라보며 젝센가드는 통쾌하게 웃었다.

"드디어 잡았다!"

흥분한 얼굴로 젝센가드가 걸음을 옮겼다. 그의 등 뒤에서 살기와 열기가 뒤섞여 아지랑이처럼 일렁이기 시작했다.

그 광경을 본 시한이 쓴웃음을 지었다.

"그 살기, 적어도 날 죽이는 데 거리낌은 없어 보이네……."

그리고 질문을 던졌다.

"그런데 왜 그때는 날 죽이지 않았지, 젝센가드?"

*　　　　*　　　　*

지난 십 년간 풀리지 않는 의문이 있다.

어째서 혁명 6영웅이 그를 살해하는 대신, 일부러 지구로 돌려보냈는지에 대한 의문은 아니었다.

그 질문에 대한 답은 성시한 스스로 찾아냈다.

'정면으로 붙었다간 자신들도 무사하지 못했을 테니까.'

아무리 전성기의 시한이라도 혁명 6영웅 전원을 상대할 수는 없었다. 하지만 제 목숨 내놓으면 저들 중 절반을 황천길 동무로 만들 자신은 있었다.

'생존 확률이 50%밖에 안 되는데 함부로 칼을 빼 들 수 있을 리가 없잖아?'

그렇다고 뒤에서 암살할 수도 없었을 것이다.

혁명 7영웅을 처리하기 위해 제국이 보낸 암살자만 세 자릿수가 넘는다. 은밀한 기습, 몰래 음식에 탄 독극물, 보이지 않는 살의는 당시 성시한에겐 지겹도록 익숙한 일상이었다.

암살을 시도하다가 발각되기라도 하면 당연히 정면 대결로 이어질 것이고, 역시나 마찬가지의 결과가 나오겠지.

혁명 6영웅 입장에선 시한을 돌려보내는 귀환 포털만이 모두의 목숨을 보전하는 유일한 방법이었던 것이다.

"그러니 왜 그런 식으로 나왔는지는 충분히 이해할 수 있어."

젝센가드를 노려보며 시한이 담담하게 말을 이었다.

"하지만 이것만은 도무지 이해가 안 가더군."

아직도 그때의 목소리를 잊을 수가 없다.

―이제 우린 더 이상 네가 필요 없어, 시한. 그러니까⋯⋯.

아직도 그때의 감촉을 기억하고 있다.

―돌아가요, 내 사랑. 당신이 있어야 할 곳으로.

그때 레비나는 가볍게 시한의 이마를 툭 밀었다. 그럼으로써 그의 심장에 아물지 않는 구멍을 뚫어놓았다.

"하지만 당시 레비나가 손가락 대신 단검으로 내 심장을 후벼 팠다면 지금 이렇게 돌아오지도 못했겠지⋯⋯."

당시 시한은 차원 포털에 사로잡혀 완벽하게 무방비 상태였다. 죽이려면 얼마든지 죽일 수 있었다.

"왜 그 상황에서도 날 죽이지 않은 거지?"

젝센가드는 가라앉은 눈으로 오랜 옛 친구를 바라보았다.

완전히 붙잡힌 상태인데도 시한은 전혀 개의치 않는 듯했다. 자신의 생사보다 오히려 이 질문이 중요하다는 듯이.

"솔직하게 말하지."

젝센가드가 차분하게 입을 열었다.

"난 널 죽여야 한다고 생각했다, 성시한."

그리고 인상을 구겼다.

"하지만 돌려보내는 건 찬성해도, 죽이는 건 절대 용납할 수 없다는 위선자들이 셋이나 있어서 말이야."

높이 3m에 직경만 1.5m가 넘는 거대한 암석 조형물, 거인의 손.

그 안에 갇힌 성시한을 바라보며 젝센가드는 오랜 기억을 떠올렸다.

당시 세 '위선자'들은 확실하게 말했다.

만약 시한을 해치려 한다면 자신들도 뜻을 바꿀 것이라고. 만약 그가 죽기라도 한다면 그때부터 생사대적으로 돌변할 것이라고.

"뭐야, 그게? 내 이득을 위해서 배신은 하겠지만 양심의 가책은 느끼기도 싫어? 그러니 곱게 고향으로 돌려보내시겠다?"

그때의 일을 떠올리며 젝센가드가 경멸을 토했다.

"그따위로 굴 거면 처음부터 배신하지도 말았어야지!"

어차피 배신한 시점에서 혁명 6영웅은 시한에게 씻을 수 없는 죄를 지었다.

그렇다면 배신자답게 행동해야 한다. 자신들의 죄를 정면으로 직시해야 한다.

배신자는 될지언정, 비겁한 자가 될 수는 없다!

"난 친구를 배신했고, 그 대가로 일국의 왕이 되었다. 그 사실을 부인할 생각은 전혀 없어. 그리고 그날의 선택을 후회하지도 않는다!"

눈앞의 검은 눈동자를 노려보며 젝센가드는 단언했다.

"네가 테라노어에 남았다면 나는 지금의 삶을 누리지 못했을 테니까."

성시한의 입꼬리가 살짝 올라갔다. 희미한 미소가 입가에 떠올랐다.

"…아아, 그런 거였나."

후련하다는 얼굴로 시한이 뇌까렸다.

"그게 더 비겁한 짓이잖아. 젝센가드, 이 병신아."

"뭐라고?"

갑작스런 욕설에 젝센가드의 안색이 굳었다. 시한의 폭언이 이어졌다.

"뭐? 비겁한 자가 되기 싫어? 자기는 남자답게 자신의 죄를 인정하며 살겠다고? 내 생전 그렇게 비겁한 자아도취는 처음 본다! 거름통 대신 똥통에 들어가 놓고 자기는 더 깨끗하다고 하고 싶은 거냐?"

"이, 이 자식이……!"

일국의 국왕이자 대륙의 영웅으로 살아온 지 벌써 십 년이었다. 그동안 그 누구도 감히 자신 앞에서 이런 오만방자한 언행을 보인 적이 없었다.

애써 흥분을 가라앉히며 젝센가드는 자신의 애병을 들어

올렸다. 흉악한 도끼날이 새하얗게 빛났다.

"마음대로 떠들어라! 네겐 날 비난할 자격이 있으니!"

어차피 의미 없는 비난이었다.

죽은 자는 말이 없다.

이는 지구든 테라노어든 변치 않는 진리 중의 진리다.

"잘 가라, 시한."

육중한 배틀액스가 성시한의 목을 향해 섬광처럼 뻗어갔다.

그때였다.

콰아앙!

갑자기 폭음이 터지며 시한을 붙잡고 있던 암석 손가락이 박살 났다. 동시에 찬란한 빛이 바위틈으로 솟구쳐 백색 투기강을 가로막았다.

당황하며 젝센가드가 뒤로 물러섰다.

"뭐, 뭐야?"

그것이 끝이 아니었다.

푸른 섬광이 거인의 손 곳곳에서 뿜어져 나왔다. 순식간에 바위가 박살 나고, 파편이 사방으로 흩날리며 굉음을 일군다.

"그렇군, 그것이 십 년 전의 진실이었어……."

독백을 흘리며 성시한은 부서진 거인의 손을 빠져나왔다.

달을 등진 채 가볍게 허공을 뛰어넘어 바닥에 착지한다. 오른손에 어느새 파랗게 빛나는 한 자루의 클레이모어가 쥐어져 있다.

맑은 가을 하늘을 연상케 하는 한없이 푸르른 창천의 빛.

초인급 소드하이어의 상징, 투기강이었다.

"제기랄!"

상황을 인지한 젝센가드가 자기도 모르게 욕설을 터뜨렸다. 그의 얼굴이 더 이상 구겨질 수 없을 정도로 일그러졌다.

옛 친구를 노려보며 성시한이 중얼거렸다.

"뭐, 열심히 엄살 피운 덕분에 한 가지는 확실해졌네."

양쪽으로 입가를 올리며 이빨을 드러낸다.

"젝센가드, 너……."

그것은 웃음이라기보다는, 오히려 사냥감을 본 맹수에 더 가까운 표정이었다.

"전혀 실력이 늘지 않았더라?"

*　　　*　　　*

처음 젝센가드와 재회할 때 확인한 부분이 있다.

세상이 바뀌었음에도 옛 친구의 실력은 조금도 쇠퇴하지 않았다. '걸어 다니는 성벽'이라 불리던 시절 그대로였다.

거꾸로 말하면, 지난 십 년간 전혀 발전이 없다는 소리도 되는 것이다.

젝센가드가 마냥 놀고만 있었던 것은 아니다. 나름대로 꾸준히 수련을 해오긴 했다.

하지만 광제라는 목표가 사라지자 강해져야 할 이유도 사라졌다. 대륙의 영웅, 일국의 왕이 되며 감히 덤벼오는 자들도 없어졌다. 기껏 겪은 실전이라 해봐야 신하들이 몰래 마련한 '마수 출몰 사건' 정도가 전부였다.

인간이란, 목표가 뚜렷하지 않으면 발전도 없는 법이다.

"아무리 그래도 어느 정도 감춘 실력은 있을 줄 알았거든? 그런데 아니네?"

조롱과 함께 시한이 대검을 겨눴다. 선명한 푸른빛이 밤의 어둠을 살라먹으며 퍼져갔다.

이를 갈며 젝센가드가 소리쳤다.

"날 속인 거냐!?"

"속았다고 하기도 민망하지 않아, 이거? 솔직히 이딴 거에 누가 속는다고?"

상대가 상대니까 혹시나 싶어 연기를 해보긴 했지만…….

"사실 별 기대 안 했거든? 아무리 너라도 설마 이런 게 먹힐 줄은 몰랐다."

덕분에 계획대로 십 년 전 일을 알게 된 건 좋지만 역시 어처구니가 없다.

"십 년 동안 복수의 칼날을 갈아온 놈이 승산도 없이 무턱대고 덤벼들 리가 없잖아? 당연히 뭔가 꿍꿍이가 있다고 예상하는 게 정상 아닌가?"

시한은 혀를 찼다. 안타까움마저 느껴지는 제스처, 차라리 욕설보다도 더 모욕적이다.

"이 개자식이!"

분노를 터뜨리며 젝센가드가 돌진했다. 폭렬기의 여파로 대지에 길게 도랑이 파였다.

파괴의 흔적을 뒤로한 채 양손의 도끼를 교차해 휘두르며 여덟 번의 연격을 날린다.

"폭렬기, 팔방(八方)!"

시한은 뒤로 물러났다. 공격에 정면으로 맞서지 않고, 마치 스케이트라도 타듯 대지 위를 미끄러지며 부드럽게 회피한다.

동시에 그의 투기가 질적으로 변화했다. 끊임없이 이어지던 유수의 투기가 푸른빛으로 화해 사지를 감싸 올랐다.

젝센가드가 으르렁거렸다.

"역시 파천기를 쓸 수 있었구나!"

대인전용 투기술인 패왕기와 달리 파천기는 대마물 전용 투기술, 최소 초인급 이상의 투기량이 있어야 제 위력이 나온다.

굳이 패왕기 대신 파천기를 꺼내 들었다는 것은 그만한 승산이 있다는 의미인 것이다.

과연, 지금 성시한의 파천기는 예전 지룡을 상대할 때처럼 흐릿하지 않았다. 명백히 형태를 갖추고 푸르게 빛나고 있었다.

시한이 어깨를 으쓱였다.

"금수 같은 놈을 상대하고 있잖냐? 그럼 금수 전용 투기술을 써야지!"

"뭐가 어쩌고 어째?"

더더욱 분노한 젝센가드가 시한의 코앞까지 치달렸다. 지나치게 분노한 나머지, 신중함이나 경계심 따위도 버린 모양이었다.

"타아앗!"

두 자루의 배틀액스를 부채처럼 활짝 펼친 뒤 그대로 가위질 하듯 허공에 교차한다. 양쪽 도끼날에 깃든 투기강이 쏟아지며 합쳐진다.

"폭렬기, 파열!"

융합한 빛의 기류가 용틀임하며 거대한 빛의 회오리로 변했다. 강철조차 가루로 만들 거력이 시한을 덮쳐 갔다.

검 쥔 손을 뒤로 빼더니 진동을 실어 성시한이 찌르기를 날렸다.

"파천기, 메아리!"

푸른 섬광이 백색 소용돌이를 관통했다. 대기가 요동치며 울부짖었다.

웅웅웅웅!

자신 있었던 비기가 단 일격에 박살 나버렸다. 젝센가드는 욕설을 내뱉었다.

"제기랄!"

뒤이어 시한이 공세에 나섰다. 푸른 투기강이 잔상을 남기며 비처럼 쏟아지기 시작했다.

"타아앗!"

*   *   *

폭발이 이어진다. 귀가 따가울 정도의 폭음이 주위를 잠식한다.

귀를 막은 채 알리타는 거목 뒤에 숨어 한껏 몸을 움츠렸다.

"아으으⋯⋯."

두 혁명 영웅의 전투는 그야말로 상식을 아득히 초월하고 있었다.

공격을 주고받고 투기가 교차하는 것만으로 거목이 뿌리째 뽑혀 나가고 인근 지형지물이 대폭 형태를 바꾼다.

'이게 전설처럼 전해지는 혁명 7영웅의 힘인가?'

세간엔 혁명 7영웅을 논하며 전설이니 뭐니 하는 게 웃긴다고 여기는 이들도 있었다.

따져 보면 고작해야 십여 년 전의 일인 것이다.

그걸 가지고 무슨 전설씩이나?

하지만 정작 두 눈으로 보니 왜 전설이라 부르는지 실감이 났다.

'맙소사, 예전 혁명전쟁 땐 저런 괴물들이 날뛰었단 말이야?'

충격파를 피해 알리타는 더더욱 몸을 움츠렸다. 그리고 문득 의아해했다.

'그런데 시한은 왜 날 여기 데리고 온 거지?'

성시한은 알리타의 조력이 필요하다며 그녀를 이곳까지 대동시켰다. 정작 알리타보다 강한 제논은 고성에 남겼으면서.

처음엔 그냥 마법으로 도우면 되겠거니 하고 따라왔다. 하지만 이건 뭐, 수준이 달라도 너무 달랐다.

조력은 고사하고 멀리서 구경하는 것조차 목숨을 걸어야할 판이다.

'인질로 잡히지나 않으면 다행이겠네……'

도움은 못 되더라도 시한의 발목을 잡을 수는 없다. 언제든 질풍기를 발동시킬 채비를 갖춘 채, 알리타는 계속 둘의 전투를 지켜보았다.

　　　　　＊　　　　　＊　　　　　＊

　다행히 젝센가드는 알리타를 인질로 삼을 생각 따윈 하지
않았다.

　그럴 겨를 자체가 없었다.

　"폭렬기, 혈영!"

　두 자루의 배틀액스를 번갈아 내려친다. 첫 번째 도끼날의
그림자에 은밀한 두 번째 공격을 숨기고 시간차 공격이 들어
간다.

　젝센가드의 비장의 기술 중 하나였다.

　겉으론 무식해 보이지만 실은 굉장히 섬세한 수법, 이 연속
공격에 비명에 간 제국군 소드하이어가 한둘이 아니다.

　문제는 그 수법을 시한이 모를 리가 없다는 점이었다. 옆에
서 하루 이틀 지켜본 게 아니었으니까.

　"하? 혈영을 나한테 쓰는 거냐, 젝센가드?"

　물론 젝센가드도 저 사실을 몰라서 이 기술을 쓴 건 아니
다. 예전 성시한에겐, 비록 아는 기술이더라도 그걸 받아칠 정
도로 정교한 검술이 없었다.

　하지만 지금은 다르다.

　시한의 클레이모어가 둥글게 휘었다. 대검인 주제에 마치

연검이라도 된 듯 구부러지더니, 이내 탄성을 실어 올려친다.

"도룡기, 탄룡!"

도룡기는 파천기와 연동되는 연환 투기술. 패왕기처럼 일단 거두고 다른 투기술로 바꿀 필요가 없다. 파천기 상태에서도 얼마든지 꺼내 쓸 수 있는 것이다.

청색 섬광이 두 자루의 배틀액스를 관통했다. 첫 번째 도끼는 튕겨 나갔지만 두 번째는 무사하지 않았다.

뇌성과 함께 도끼날이 박살이 나며 파편이 사방으로 튀었다.

"크윽!"

젝센가드가 전신에서 피를 흘리며 뒤로 물러섰다. 박살 난 도끼 자루를 버리고 멀쩡한 배틀액스를 두 손으로 움켜쥔다.

그 모습을 지켜보던 성시한이 문득 말을 건넸다.

"아까 말했었지, 젝센가드? 위선자가 셋이었다고."

차분한 질문이 이어졌다.

"그게 누구지?"

젝센가드가 퉁명스레 대꾸했다.

"그건 왜 물어보는데? 죽일 생각 없었던 애들은 용서하고 복수를 접으시게?"

넌 날 죽이려고 했으니 복수해야겠어! 하지만 넌 날 죽이려고 안 했으니까 봐줄게?

"웃기지 말라고."

씹어 먹을 듯한 표정으로 젝센가드가 도끼를 쳐들었다.

"그런 말랑말랑한 생각으로 돌아온 것이라면 넌 오늘 내 손에 죽는다, 시한!"

재차 살기를 터뜨리며 왼손을 번쩍 들어 올린다.

"투기진, 거인의 손!"

새하얀 빛의 문양이 대지를 치고 달리며 거미줄처럼 퍼져 나갔다. 또다시 커다란 암석의 손이 여기저기서 솟구친다.

"가라! 거인의 주먹!"

솟구친 암석의 손이 주먹을 움켜쥐며 대지와 분리된다. 허공에 떠오른 바위 주먹들이 무서운 기세로 시한을 노리고 날아들었다.

주위를 둘러보며 시한이 고소를 머금었다.

"로켓 펀치? 이거 오랜만에 보네."

"쓰벌, 그러니까 대체 로켓 펀치가 뭐냐고?"

예전에도 성시한은 젝센가드가 이 기술만 썼다 하면 저 소리 하곤 했다. 그러면서도 정작 설명은 절대 안 해줬지.

'설명하자니 너무 방대해서 그랬지, 뭐.'

시한은 속으로 피식거렸다.

로켓 펀치를 설명하려면 애니메이션과 로봇 개념부터 출발해야 하는데, 지구로 치면 중세인인 젝센가드에게 저걸 무슨 수로 알아듣게 설명하라고?

그러는 동안에도 젝센가드의 로켓 펀치(?)는 사방에서 날아들고 있었다.

하나하나가 수 미터의 거대한 바위, 어지간한 석실만 한 크기다. 차라리 석실이라면 안이라도 텅 비었겠지만 저건 속도 알차다.

거대한 바위의 무시무시한 질량이 성시한을 덮쳐 갔다. 아무리 그라도 검 한 자루로 저 거대한 질량을 쳐낼 수는 없다.

"쳐낼 필요도 없고."

나직이 읊조리며 시한이 왼발을 들어 땅을 내리찍었다. 조금 전 젝센가드와 똑같은 동작이었다.

"투기진, 극광(極光)!"

청색의 빛이 대지를 치달리며 허공에 화려한 오로라가 너울져 흔들리기 시작했다.

오로라가 비가 되어 대지로 쏟아진다. 빛의 폭우가 날아다니는 바위를 깨부수고 파고들며 으깨버린다.

푸른 광휘의 장막이 펼쳐지며 날아가던 모든 암석 주먹이 뭉개져 바닥으로 추락했다. 바위가 대지를 두들기며 미세한 진동이 발치를 흔들었다.

"젠장……."

그 광경을 지켜보며 젝센가드가 식은땀을 흘렸다.

"역시 저 자식, 투기진도 쓸 수 있는 거였어……."

*　　　　*　　　　*

어둠이 깔린 벨라렐 숲 일부, 이곳은 지금 가혹한 파괴의 철퇴를 맞고 있었다.

순백의 빛이 땅을 달리며 거목을 뿌리째 뽑는다.

청색의 오로라가 허공을 용틀임하며 솟구치는 대지의 손을 파헤친다.

사방을 초토화시키며 성시한과 젝센가드는 계속 격돌했다. 청(靑)과 백(白)의 투기강이 연달아 충격파를 퍼뜨린다.

젝센가드가 기합을 터뜨렸다.

"으아아아!"

기합이라기보다는 차라리 비명에 가까운 외침이었다.

통하지 않는다. 무술도, 속임수도, 투기술도, 투기진도…….

그 어떤 공격도 전혀 통용되지 않는다.

성시한은 집요하게 젝센가드의 모든 공세를 가로막고 있었다. 투기량은 물론이고, 이젠 기술과 경험 면에서도 더 이상 그의 아래가 아닌 것이다.

"젠장! 젠장! 젠장!"

악귀와도 같은 얼굴로 젝센가드는 악을 썼다. 그 표정 속에,

조금 전 시한을 경계하며 맞서 싸웠을 때의 차분함 따윈 존재하지 않았다.

이미 삶에 대한 미련을 가져버렸다.

지금껏 누려온 사치와 향락도 떠올려버렸다.

더 이상 아까처럼 모든 것에 초연한 구도자의 자세를 취할 수가 없다!

'이, 이대로 죽는 건가?!'

숨이 거칠어진다. 투기가 점점 바닥을 보인다.

심장이 조여오며 공포가 스며든다.

"이제야 좀 제대로 된 표정이 나오는구나, 젝센가드!"

검을 내려치며 성시한이 고함을 질렀다.

"세상만사 다 초월했다는 그 얼굴, 정말 봐주기 힘들었다! 자기가 무슨 득도한 고승인 줄 알아?"

짙은 후회가 젝센가드의 뇌리를 가득 메웠다.

"역시 그때 네놈을 죽여야 했어!"

역시 자신이 옳았다.

배신할 거면 제대로 하든가, 아니면 아예 하질 말든가!

'어설프게 마무리 지으니 이 꼴이 나잖아!'

성시한이 클레이모어를 치켜들었다.

푸른 투기강이 거대한 원을 그렸다. 사방에 빛의 파편이 흩어졌다.

삽시간에 시한의 주위가 작은 입자로 가득 뒤덮이며 밤하늘의 별처럼 반짝였다.

"끝이다, 젝센가드."

그대로 그는 대검을 내려쳤다.

"파천기, 유성우!"

수많은 빛의 파편이 일제히 쏟아졌다. 수십 줄기의 푸른 섬광이 젝센가드의 전신을 파고들어 피부를 찢고, 근육을 뚫고, 뼈를 부수며 붉은 핏물을 터뜨렸다.

남은 한 자루 도끼마저 박살 났다.

"크아아아아!"

처절한 고통의 외침이 어두운 숲 속 가득 메아리쳤다.

전신의 상처에서 핏물이 흘러나온다. 어느새 주위에 붉은 피 웅덩이가 생겨난다.

"크으윽……."

선혈 속에서 젝센가드는 벌레처럼 꿈틀거렸다. 손발은 고사하고 육신 어느 곳 하나 의지대로 움직여지지 않았다.

수십 개의 창에 꿰뚫린 셈이니 당연한 결과였다.

보통 사람이라면 벌써 즉사했을 심각한 중상, 그럼에도 그는 아직 살아 있었다. 폭렬기의 강력한 생존력이 간신히 그의 생명을 붙잡고 있는 덕이었다.

물론 그래 봤자 전투는 이미 끝났다. 지금의 젝센가드라면 지나가던 어린애라도 간단히 목숨을 거둘 수 있을 테니까.

"제길… 결국 여기까진가……."

피를 토하며 젝센가드가 욕설을 흘렸다. 시한이 물었다.

"네가 말한 세 위선자, 누군지 물어봐도 어차피 가르쳐 주지 않겠지?"

고집스런 표정으로 젝센가드가 대꾸했다.

"당연하지!"

"그럴 줄 알았어."

비록 지금은 이렇게 되었지만, 한때는 눈빛만으로도 서로의 속내를 알 수 있을 정도로 친했던 사이다.

'협박에 굴복하는 것은 사내답지 못하다는 거겠지. …그놈의 사내답다는 기준이 뭔지는 여전히 모르겠지만.'

성시한이 젝센가드에게 다가갔다.

"하지만 이것만은 물어봐야겠어, 젝센가드."

무심한 질문이 던져졌다.

"왜 날 배신했지? 사실 넌 그렇게 권력이나 사치에 관심 있는 성격도 아니었잖아? 굳이 날 배신하면서까지 왕이 되어야할 이유가 있었나?"

질문하면서 시한은 속으로 혀를 찼다.

자신은 왜 이런 걸 묻는 걸까? 어차피 결과는 정해져 있는데.

아직도 미련이 남은 걸까?

옛 친구들에게 뭔가 다른 이유가 있기를, 그래서 그들과 나눈 우정이 아주 거짓은 아니었다는 걸 확인하고 싶은 걸까?

"풋!"

젝센가드는 비웃었다. 그로써 시한의 희미한 미련조차 가차 없이 짓밟았다.

"그걸 묻는다는 것 자체가 아무것도 이해하지 못하고 있다는 소리군."

왜 배신했냐고? 어차피 성시한을 황제로 모신 뒤 그 부하가 되어도 똑같이 부귀영화를 누리며 잘살 수 있었을 텐데?

"친구가 나보다 잘났으니 부하로 들어가서 충성을 다해야겠다, 그렇게 생각하는 게 당연하다는 거냐?"

대체 얼마나 패배주의에 찌들어 있어야 저런 비참한 자기합리화를 할 수 있단 말인가?

"웃기지 말라고!"

지독한 고통 속에서 젝센가드가 말을 이었다.

"나보고 존귀하신 성시한 폐하께서 우정이라는 '성은'을 내릴 때마다 꼬리 흔들며 감사하는 개가 되라는 거냐? 크크큭!"

문득 시한이 피식 웃었다.

"그 비유, 네가 직접 떠올린 거 아니지?"

예나 지금이나, 젝센가드에게 저 정도의 비유를 할 어휘력이 있을 리 없다.

"윽……"

정곡을 찔렸는지 젝센가드가 움찔거렸다. 실제로 저건 사파란이 한 소리였으니까.

'하지만 적어도 비슷한 생각은 하고 있었겠지……'

어떤 의미에선 이것 역시 그가 아는 젝센가드다운 선택이었다.

"그렇군. 그럼 이제……"

고개를 끄덕이며 시한은 차분히 옛 친구를 내려다보았다.

단호한 목소리가 흘러나왔다.

"우리가 나눴던 우정과 신뢰에 대한 빚을 돌려받겠다, 친구."

죽음의 공포 앞에 젝센가드의 얼굴이 딱딱하게 굳어졌다. 애써 당당함을 연기하며 그가 어깨를 펼쳤다.

"좋다! 죽여라!"

"음? 죽여?"

시한이 이해할 수 없다는 듯 고개를 갸웃거렸다.

"무슨 소리야, 젝센가드? 내가 왜 널 죽이겠어?"

아니, 정확히 말하면 정말 이해하지 못하겠다는 표정은 아니다. 그보다는 오히려 연극배우의 과장된 연기에 가깝다.

"너도 날 죽이지 않고 곱게 고향으로 돌려보내 줬는데."

젝센가드의 안색이 창백해졌다. 뭔가 불길한 느낌이 등줄기를 타고 오르고 있었다.

시한이 뒤를 돌아보며 말했다.

"알리타."

슬금슬금 눈치를 보며 알리타는 시한에게 다가갔다.

부르니까 오긴 했지만, 여전히 자신을 왜 데리고 왔는지 모르겠다. 전투 내내 시한에겐 그녀의 도움 따윈 전혀 필요하지 않았다.

심지어 이젠 상황도 종료된 후가 아닌가?

"제가 뭘 하면 돼요?"

"아무것도."

시한이 고개를 저으며 알리타를 향해 왼손을 내밀었다.

"그냥 허락만 해주면 돼."

"허락? 무슨 허락요?"

의아해하던 알리타가 몸을 움찔거렸다. 그 순간 그녀는 시한이 말한 허락이 무엇인지 깨달았다.

"아……."

언어가 아닌 의지 자체로 의미가 전달된다.

지금 그는 요구하고 있었다. 그녀가 지닌 강대한 마력, 그 일부를 자신에게 나눠달라고.

무심코 알리타는 '허락'했다.

동시에 그녀의 마력이 물밀듯이 빠져나가 시한에게로 옮겨

지기 시작했다.

"뭘 어떻게 한 거예요? 이런 마법도 있어요?"

타인의 마력을 흡수한다? 이계구원자가 이런 능력을 가졌다는 소린 들어본 적이 없었다. 아니, 이런 게 마법적으로 가능하다는 소리조차 금시초문이다!

알리타의 마력을 갈무리하며 시한이 조용히 대꾸했다.

"물론 일반적인 경우는 아니지."

상아탑의 상식에 따르면, 남의 마력을 자기 걸로 흡수해 마법을 구사한다는 건 남의 근력을 흡수해 자기 팔 힘을 늘린다는 소리만큼이나 말도 안 되는 일이다.

"하지만 예외도 있잖아?"

타인의 마력을 자기 마력으로 변환할 수 있는 경우가 딱 하나 있긴 했다.

바로 루스클란의 이계소환술.

소환된 이계의 마물은 소환술사의 마력을 빌려 힘을 쓰는 것이 가능하다.

"이것 역시 상식이지. 알리타, 너도 알고 있지?"

"그야 그렇지만……."

알리타는 눈을 깜빡였다. 따져보니 성시한도 분류상으로는 분명 '소환된 이계의 마물'이었다.

"아, 그러네요?"

즉, 소환수(?)인 성시한은 소환술사인 알리타의 마력을 빌려서 마법을 쓸 수 있는 것이다.

"원래는 알리타, 너까지 이 자리에 데려올 생각은 없었어. 그런데 예상보다 내 마력 회복 속도가 너무 느려서……."

그래서 알리타의 비정상적인 마력량에 대한 가설을 세운 적도 있다. 거꾸로 시한의 마력이 그녀에게로 흘러들어가는 게 아닌가 싶었던 것이다.

하지만 알리타의 마력 성질이나 속성을 보면 그건 아닌 듯했다. 마력을 눈으로 보는 것처럼 느낄 수 있는 시한이기에 그 정도의 확인은 할 수 있었다.

'뭐, 확인은 해도 확신은 할 수 없지만…….'

정식 플로어 마스터처럼 체계적으로 마법을 배운 게 아니다 보니 자신은 없다. 그래도 그가 틀렸을 것 같진 않다.

'애초에 소환수의 마력이 소환술사에게 역류하는 것부터가 말이 안 되잖아?'

그게 가능했다면 루스클란의 황족들은 하나같이 어마어마한 마력의 소유자였을 것이고, 혁명군이 감히 제국을 무너뜨리지도 못했을 것이다.

잠시 후 성시한은 손을 거뒀다. 충분히 필요한 만큼 마력을 흡수한 것이다.

젝센가드가 부들부들 떨며 물었다.

"…무슨 짓을 하려는 거냐?"

이제 와서 마법을 준비한다? 그냥 간단하게 칼 한 번만 휘둘러도 자신의 목을 벨 수 있을 텐데?

"죽이려면 빨리 죽어라!"

이해하지 못할 공포 속에서 젝센가드가 악을 썼다.

"죽이지 않을 거야, 젝센가드."

시한이 히죽 웃었다.

"너도 날 죽이지 않았잖아? 뭐, 죽이려는 의지는 가득했던 것 같지만, 어쨌든 결과적으로 죽이지는 않았지. 그냥 테라노어에서 추방시켰을 뿐."

입가 가득 환한 미소를 머금은 채 말을 잇는다.

"그러니 나도……."

그가 오른손을 들었다.

"죽이지는 않을 거야."

손가락이 허공에서 복잡한 동작을 취한다. 수인, 소매틱이라 불리는 마기언 특유의 마법 발동 동작이다.

이어서 나직한 주문이 흘러나왔다.

"열려라, 이계의 문이여……."

칠흑 같은 공허가 생성된다. 지름 2m가 넘는 거대한 어둠이 차원에 구멍을 뚫는다.

세계의 균열 아래, 흑발의 청년이 서릿발 같은 눈빛을 번뜩였다.

"눈에는 눈, 이에는 이. 지구의 오랜 속담이지."

젝센가드의 얼굴이 한없이 일그러졌다.

이제야 성시한의 진정한 의도를 알 수 있었다.

"이, 이 개자식!"

지금 그는 젝센가드를 아무도 모르는 차원 너머로 던져 버릴 셈인 것이다!

*　　　　*　　　　*

어둠이 젝센가드의 영혼과 육신을 사로잡는다.

이제 곧 그는 세계의 저편으로 사라질 것이다.

지위와 명예, 권력과 재산, 테라노어에서 쌓아온 모든 것을 잃고서 아무것도 없는 새로운 세상에 내동댕이쳐질 것이다.

"십 년 전 내가 그랬던 것처럼 말이지."

이것이야말로 성시한이 원한 '공평한 복수'였다.

"뭐, 진지하게 따지면 난 고향으로 돌려보내진 것이고, 넌 아무도 모르는 이세계에 뚝 떨어지는 셈이니 아주 공평하다고 할 순 없겠지만……."

유쾌해 견딜 수 없다는 듯 시한은 킥킥거렸다.

"그 정도는 이해해 주라고, 젝센가드. 무려 십 년 동안 쌓인

빚이잖아? 이 정도의 이자는 붙어야지."

검은 공허가 입을 열고 혀를 날름거린다.

보이지 않는 흡입력이 젝센가드를 움켜쥐고 잡아당기기 시작한다.

"크, 크으윽!"

이를 갈며 젝센가드는 발버둥 쳤다. 당연히 아무 소용없었다.

스스로 일어나지도 못할 만큼 심각한 중상을 입은 상태다. 버틸 수 있을 리가 없는 것이다.

그의 전신이 허공으로 떠올라 점점 검은 공허로 다가간다. 젝센가드의 눈동자에 숨길 수 없는 공포가 떠올랐다.

'아, 안 돼……'

광제가 불러낸 수많은 이계의 마물들, 저 어둠 너머는 바로 그 추악한 괴물들의 고향이다.

아무도 없고 아무도 모르는 차원 너머의 지옥, 그곳에서 수많은 마물들을 상대하며 홀로 헤매야 한다고?

"차라리 날 죽여! 이 개자식아!"

젝센가드가 악을 썼다. 시한의 미소가 더욱 짙어졌다.

"말했잖아? 절대 죽이지는 않을 거라고."

공허가 더더욱 거칠게 힘을 떨친다. 어둠에 가까이 가며 젝센가드의 육체가 희미해지기 시작했다.

차원을 통과하는 과정에서 테라노어와 젝센가드의 위상(位相)이 어긋나는 것이다.

툭! 투툭!

젝센가드의 갑옷 파츠가 하나둘 바닥으로 떨어졌다. 차원을 넘을 수 있는 것은 오직 생명체 뿐, 무기질은 공허를 통과하지 못한다.

"젠장! 내가 이대로 끝날 것 같아!?"

이를 갈며 젝센가드가 눈을 부라렸다.

"돌아온다!"

어느새 어둠이 전신을 삼키고 있었다.

"돌아와서 기필코 네놈을 죽여 버리겠어!"

깊은 차원의 늪에 빠져들며 그는 소리치고 또 소리쳤다.

"반드시 죽여 버릴 테다! 시한!"

성시한은 아무 대꾸도 하지 않았다. 그저 옛 친구의 마지막을 집요한 눈으로 지켜볼 뿐이었다.

마치, 지금 이 순간을 두 눈에 각인시켜 절대 잊지 않겠다는 듯이.

"잘 가라, 젝센가드."

결국 공허의 어둠이 먹이를 집어삼켰다.

"으아아……"

희미한 비명이 차원 너머에서 아스라이 들려왔다.

위명 높던 혁명 7영웅 중 하나, 대지파괴자 젝센가드의 마지막 모습이었다.

*　　　　*　　　　*

검은 공허가 사라진다. 다시 밤하늘 아래 은은한 달빛이 비춰진다.

달빛 아래 한 무더기의 갑옷과 옷가지가 널브러져 있었다. 조금 전까지 젝센가드가 걸치고 있었던 물건들이었다.

시한이 클레이모어로 옷가지를 푹 찔렀다. 칼끝으로 네모난 팬티를 찍어 올리며 농담을 흘린다.

"이것도 갖다 팔면 돈 좀 되지 않을까? 어쨌거나 전설의 영웅님 팬티잖아?"

알리타가 인상을 구겼다.

"더러워요……."

"역시 그렇지?"

낄낄대며 그는 손가락을 튕겼다. 화염 마법이 발동되어 옷가지를 활활 태우기 시작했다.

어느 정도 불길이 사그라지자 시한이 투기를 이용해 근처 땅에 충격파를 날렸다.

콰앙!

폭음과 함께 깊이 1m 정도의 구덩이가 파였다. 타다 남은 옷가지며 갑주 등을 모조리 구덩이로 밀어 넣은 뒤 시한은 파천기를 이용해 잔해들을 모조리 으깨 버렸다.

"좋아, 이 정도면 혹여나 누가 찾아내도 뭔지 모르겠지."

구덩이가 다시 메워졌다. 이로써 젝센가드가 테라노어에 남긴 마지막 흔적 역시 땅속에 파묻혀 버렸다.

그 광경을 바라보던 알리타가 걱정스러운 듯 물었다.

"괜찮을까요? 차원이 흔들리면 4대 상아탑이……."

예전 벌레를 집어 던졌던 2㎝ 정도의 차원문이라면 괜찮겠지만, 지금 열린 차원문 수준이면 분명 상아탑에서 징후를 파악했을 것이다.

"그야 이 정도는 알아차리겠지만……."

시한이 어깨를 으쓱거렸다.

"뭔 상관이야? 우린 이제 이 자리를 뜰 건데."

"추적당할 위험이 있잖아요?"

"차원 간 변동력 차단 마법이 있잖아? 그래서 일부러 흔적도 다 지운 거고."

"아, 그렇군요."

그제야 알리타는 안심한 표정을 지었다. 그녀가 문득 호기심을 보였다.

"이제 젝센가드는 어떻게 되나요?"

"모르지? 나도 녀석이 어디로 날아갔는지는 알 수 없는걸?"

젝센가드가 이세계에서 적응하고 어떻게든 살아남을지, 아니면 떨어지자마자 마물이라도 만나 바로 비명횡사할지…….

"그건 그 친구 팔자지."

그는 그저 자신이 당한 걸 돌려줄 뿐이다.

"이후의 일은 내가 상관할 바가 아니야."

알리타는 고개를 끄덕였다. 그리고 다른 질문을 던졌다.

"그런데 정말 이대로 괜찮은 건가요, 시한?"

"응? 뭐가?"

"역시 그를 죽이는 게 더 낫지 않았을까 싶어서요."

그녀는 젝센가드의 마지막을 떠올리고 있었다. 악귀처럼 일그러진 채 저주를 퍼붓던 그 모습을.

"혹시 돌아오기라도 하면……."

시한이 알리타의 말을 가로막았다.

"그건 무리야."

젝센가드는 순수한 소드하이어다. 성시한처럼 마법적 소양이 전혀 없다.

아무리 투기로 하늘을 가르고 대지를 찢을 수 있다 해도, 그걸로 차원에 구멍을 낼 방법 따윈 없는 것이다.

"마기언이라면 모를까, 소드하이어인 젝센가드가 다시 테라노어로 돌아올 방법은 없어. 절대 불가능한 일이다."

시한의 단언에 알리타가 살짝 눈을 흘겼다.

"정말 불가능하긴 한 거예요?"

이런 말 하긴 미안하지만, 여태 성시한의 '단언'이란 게 그리 적중률이 좋은 편은 아니었다.

불안한 표정으로 그녀가 중얼거렸다.

"전 아무리 봐도 후환을 남긴 것 같아서……."

젝센가드가 다시 테라노어로 돌아오는 일은 불가능하다? 그걸 어떻게 확신할 수 있을까?

"시한을 지구로 돌려보냈을 땐, 아마 혁명 6영웅도 같은 생각을 했을 텐데요?"

세상일은 모르는 법이다. 불가능이라 생각했던 일도 얼마든지 일어날 수 있다.

그걸 몸소 증명한 것이 바로 성시한 자신이 아닌가?

"뭐, 그럴지도?"

시한이 어깨를 으쓱거렸다.

"네 말이 맞아, 알리타. 세상일은 모르는 거고, 젝센가드가 테라노어로 돌아올 확률이 제로라 장담할 순 없지."

알리타는 눈을 깜빡였다.

어째 지금 시한의 태도를 보면, 젝센가드가 돌아오든 말든 전혀 개의치 않아 하는 듯했다.

"정말 그가 돌아오면 어쩔 건데요?"

전혀 예상치 못한 대꾸가 돌아왔다.

"그럼 참 기쁘겠지."

젝센가드가 돌아온다? 그것이 무엇을 의미하는가?

이는 그가 이계에 혼자 떨어졌음에도 죽지 않았으며, 그 세상에 적응하지도 못했다는 의미가 된다.

고독과 허무 속에서 오직 증오로 몸부림치며, 몇 년씩 시한에 대한 복수심을 불태운 끝에 겨우 테라노어로 돌아왔다는 소리도 되겠지.

그게 바로 지난 십 년간 자신이 보내온 나날이었다.

시한이 진정 기대하는 표정으로 말을 맺었다.

"그때야말로 난 내 복수의 결과를 확인할 수 있을 테니까."

『이계진입 리로디드』 4권에 계속…

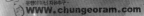

이경영 판타지 장편소설

FANTASY FRONTIER SPIRIT

그라니트

용들의 땅

GRANITE

사고로 위장된 사건에 의해 동료를 모두 잃고 서로를 만나게 된 '치프'와 '데스디아'.
사건의 이면에 상식을 벗어난 음모가 있음을 알게 된 둘은
동료들의 죽음을 가슴에 새긴 채 각자의 고향으로 돌아간다.
2년 후, 뜻하지 않게 다시 만난 두 사람은 동료들의 복수를 위해
개척용역회사 '그라니트 용역'을 설립해 다시금 그 땅을 찾게 되는데……

용들이 지배하는 땅 그라니트!
그곳에서 펼쳐지는 고대로부터 이어지는 운명적 만남,
깊어지는 오해, 그리고 채워지는 상처.

『가즈 나이트』시리즈 이경영 작가의 미래형 판타지 신작!

Book Publishing CHUNGEORAM

유행이 아닌 자유추구 -
WWW.chungeoram.com

FUSION FANTASTIC STORY

인기영 장편소설

리턴 레이드 헌터

Return Raid Hunter

하늘에 출현한 거대한 여인의 형상……
그것은 멸망의 전조였다.

『리턴 레이드 헌터』

창공을 메운 초거대 외계인들과
세상의 초인들이 격돌하는 그 순간.
인류의 패배와 함께 11년 전으로 회귀한 전율!

과연 그는, 세계의 멸망을 막을 수 있을 것인가.

**세계 멸망을 향한 카운트다운 속에서 피어나는
그의 전율스러운 이야기!**